机乐世界

毕横　著

中国画报出版社 · 北京

图书在版编目（CIP）数据

机乐世界 / 毕横著. -- 北京 : 中国画报出版社, 2023.7

ISBN 978-7-5146-2258-4

Ⅰ. ①机… Ⅱ. ①毕… Ⅲ. ①幻想小说 – 中国 – 当代 Ⅳ. ①I247.5

中国版本图书馆CIP数据核字(2023)第050474号

机乐世界

毕横　著

出 版 人：方允仲
责任编辑：程新蕾
责任印制：焦　洋

出版发行：中国画报出版社
地　　址：中国北京市海淀区车公庄西路33号　　邮　　编：100048
发 行 部：010-88417410　010-68414683（传真）
总编室兼传真：010-88417359　版权部：010-88417359

开　　本：16开（710mm×1000mm）
印　　张：15.5
字　　数：160千字
版　　次：2023年7月第1版　2023年7月第1次印刷
印　　刷：三河市九洲财鑫印刷有限公司
书　　号：ISBN 978-7-5146-2258-4
定　　价：68.00元

当人活得越来越像机器，

你会不会，选择变成机器人，获得永生？

【想变成机器人、获得长生不死的人类，发现了想变成人类、体验热血生命的机器人的机乐世界…… 】

【少年为救母探险机乐世界，寻父、寻宝、寻真相，却寻到了真爱、真谛，以及真正的“自己”。】

【一个拥有人类热血之躯的机器人少年爱上了一个机器人般完美冷艳的人类少女。】

目 录 CONTENTS

第一章

机、器、人

第一节

机

南极洲大陆上空，阴云密布，雨雪交加。

在轰隆隆的雷鸣中，一道贯穿天地的闪电透过暗青色的云团，发出了慑人的光影。

一架左翼残缺、冒着浊烟的微型侦察无人机眨着电子眼，在暴风雪中踉跄而倔强地飞过。不料，一阵强风袭来，无人机左翼的最后一块挡风板也不争气地脱落下来。闪烁着残烛一般忽明忽暗的报警灯，无人机划着并不优美的弧线，坠落在下方冰雪的陆地。

地面的风雪略小，无人机一头扎进雪地里，虽然左翼损毁无法起飞，但在超钛合金外壳的保护下，依旧可以正常运行，其智能系统随即脱落了破损的双翼，又弹出了底盘的万向滚轮。无人机即刻变成了登陆探测车，开启了雪地陆行模式，一边行进探路一边观测记录着周边环境。

突然，前方出现了一座巨大的冰山断崖，万丈深渊让人不寒而栗，可无人机的雷达电子屏却显示前方是平坦的路面。又经过两次测算，雷达系统依然显示前方路面平坦，没有断崖。最终，无人机还是本能地选择相信自己的雷达数据，径直向“断崖”驶去……

无人机驶过“断崖”，果然没有下坠。原来，令人望而却步的“断崖”竟是由一整片超仿真全维全息投影伪装而成。投影由相互间隔一米的、绵延数公里的全息投影仪定点投射而成，可以全维度、实时配合人类瞳

孔的识别范围，肉眼看不出任何破绽。无人机驶过全息投影屏障，眼前呈现的景象不由得令它的电子眼也放大了 AI（人工智能）瞳孔：

那是一座精妙绝伦的机器冰雪城市，类似铂金抛光质感的外露金属框架和巨型冰砖构建起了整座城市的结构脉络，巨大的黑灰色铂金屋顶建造在一座座纯白色的百米雪山之巅，像极了超大号的中国徽派建筑，其建筑工艺将东方榫卯结构与西方工程力学相结合，令人叹为观止。

城市高架桥由整块冰山切割而成，辅以钛合金路桩龙骨，镶嵌在路桩内的千万颗太阳能射灯发射出七彩光线，在金属的反光中与冰雪的剔透交相辉映。“机甲徽派建筑”群中，一株株参天的人工智能“机械大树”点缀其中，在一片由黑白构成的世界之中点缀着盈盈生机。这些机械大树乍一看类似“迎客松”，可仔细看去，树干与树枝都是由一棵棵信号塔和风力发电桩改造而成，树叶则是一个个松针形的卫星信号接收器，随风摆动着搜索来自四面八方的电波信息。地面上的灌木和花草也都是仿生机械装置，从温度定向调节器到追身照明灯，再到香薰加湿器，每个装置都兼具仿生学艺术美感与独有的科技功能。

宽敞明亮的城市公路，是由一块块十几米宽的巨大冰砖镶嵌在不锈钢电镀的路牙之内做成的。功能载具、休闲载具、公共载具、高速载具、机器宠物、建造机器人、服务机器人、蓄能机器人、维修机器人、巨型机器人、微型机器人、仿生机器人等，十二条专属道路规整有序地排列着。十二色的磁悬浮交通灯高高挂在主路口，每种颜色的灯壳表面上都雕刻有各种类型的机器生命体的代表符号，繁而不乱。

无人机 360 度旋转着电子眼，贪婪地欣赏着这冰雪机甲世界，不知不觉行驶到了城市的中央广场上。这时，一个婴孩样貌的仿生机器人缓缓走来，发现并捡起了无人机。

婴孩仿生机器人虽然样貌稚嫩，表情却淡然如水，眼神也沧桑似海。他看了看无人机机翼破损脱落的折痕，抱着它走进旁边一座类似科研中心的金属建筑，建筑宛如巨大的机甲莲花花苞，在壮丽秀美中透着些许威严和肃穆。

科研中心内部的中央大厅深处是一个根茎状的智能观光电梯。智能电梯识别了婴孩机器人的身份之后自动加速，载着他向上面的莲蓬形状的观光平台驶去。平台上，一个个巨大的机械莲子雅致地排列其中。

婴孩机器人一挥手，一个机械莲子随即升起，自动打开，里面竟然是一个维修操作平台，平台上各种工具一应俱全，四双机器手臂精密灵活。

婴孩机器人把破损的无人机放在操作平台上，机器手臂随即开始联合工作。它们协调又迅速地对无人机进行了损伤检测、复刻配件、焊接榫卯，以及喷漆抛光等工序。几十秒的光景，一架崭新的升级版无人机亮闪闪地呈现出来。婴孩机器人捧起无人机，目光中充满了憧憬，他的心情大好。

顺着无人机好奇的眼神，他走向平台边缘的护栏，和无人机一起眺望远方。无人机的电子眼虽然见多识广，但不得不又一次放大了它的瞳孔：从观光平台向下看，眼前展现的是远方那更加美轮美奂的机器人世界，全维全息投影居然笼罩着几乎整个南极大陆。无人机不由自主地被这罕见的景色吸引，伸缩的机头已经向前探出观光围栏，婴孩机器人也很自然地顺势放开了手。无人机向下微微划了个弧线，自由自在地向前方飞去。下方的超自然景色不断冲击着无人机电子眼的超广角镜头……

无人机所在的南边是一个叫光寿国的地界，它误打误撞地走了捷径入境。那是一座座由超巨型机械结构结合冰山建成的“都会城市群”。各种仿人类世界的知名建筑依次出现，机甲冰川金字塔、机器冰砖长城、机械冰雪白宫等“名胜古迹”犹如巨大的冰雕艺术品矗立在大自然展厅之中。更远处，钛合金方钢结合冰砖砌成的“帝国大厦、东方明珠、凯旋门”等若隐若现。各种各样型号和材质的机器人公民有条不紊地生活其中，他们惬意而快乐，似乎已经了然生命的本质，热情洋溢而又气定神闲，忙忙碌碌而又心无杂念。

最远处的北边是一个叫帝王国的地界。那是一片由赛博朋克风格的科幻霓虹灯装点无数工业残骸堆积而成的机甲“丘陵山峰群”。电视机、洗衣机、电冰箱、热水器、空调等人类历代的工业产品在这里竟成了“砂石岩土”，它们组成了崎岖不平的机甲丘陵山区。在“山洞”里和“山谷”中，隐蔽着各种奇奇怪怪的机器生命体，他们或是一出厂就被毁弃的残次品，或是后经激进改装的“违禁品”，虽然每个机器人都试图逃避自己的过去，但也享受着自己的与众不同……一座皇城样式的机甲宫殿神秘地隐藏其中。

东边是一个叫逍遥国的地界。那是由各种机器臂结合全维投影制造的“森林草原群”。全维全息投影出来的自然景观如梦似幻，其多层次的渲染配色，令其美艳到脱离现实，多维立体投射成的植物的枝叶，细节丰富得炫目失真。各种各样的机器猛兽和机器昆虫在这里栖居。没有弱肉强食，没有丛林法则，也不用为三餐发愁、为露宿担忧。生物链虽仿造大自然设定，但本质上却是各取所需、平等互爱，各自享受着作为生命体本应享有的美好。

西边是一个叫罗汉国的地界。那里呈现出了一片最原始的“冰河湖海群”。天空布满绚丽的五彩极光，不仔细看还以为是极地的原始景观，可是仔细观察，才会发现整个天空的极光都是由全维投影形成的，一会儿阳光明媚，一会儿阴雨蒙蒙。从冰川中依稀可见类似火箭发射台、核电站和宇宙飞船等的残骸，其中一个类似寺庙形状的机甲堡垒发出了幽幽淡光和靡靡之音，不由得让人心驰神往。

无人机的智能测控系统分析西边很可能居住着高能量的人工智能机器人，很可能是超大型计算机或者某些激进实验性科技的自我进化。突然，无人机的智能测控系统上出现了满屏雪花，侦测雷达受到来自西方磁场的干扰，几乎失灵。

无人机不敢再继续冒险探测，赶紧加速升空，逃离了干扰。

它的视野也越来越开阔：下方的一花一木、一虫一鸟，都是尖端的智能机器，各式各样的机器生物和机器人生活其中，其乐融融。这个用人类废弃工业用品、钢铁机械和冰砖雪沙抽象重现了几乎整个人类文明的机器世界，在各种灯光的映衬下，焕彩斑斓，宛如极乐天堂。

无人机持续爬升，重新冲进了风雨交加的浩瀚苍穹。这边虽然暴风肆虐、阴云密布，但远方的天空却已然雨后晴空，清幽的蔚蓝色搅拌着朝霞娇艳的余晖。似乎有了使命一般，无人机划开迷雾，冲破青云，向着北半球灯红酒绿的人类世界飞去。

第二节

器

一望无际的热带沙漠，烈日当空，万里无云，灰蒙蒙的天空中，风卷起了一片浓密的黄沙。

一只用机械义肢修补过左翅膀的小秃鹫被热风吹得晕头转向，在天空踉踉跄跄地飞过。下方沙丘纵横，沙堆的低处，若隐若现着一座座原本是高楼大厦的房顶和避雷针，那些似曾相识的人类工业建筑，已经被无情地掩埋在无垠的黄沙之下。

远处是一座座超级巨大的机器人军工厂，搭建在流沙之上的军绿色厂房搭配草绿色的配套设施，错落有致，远远望去，宛如沙海浮萍。更远处则是一片战火硝烟，时不时地传来阵阵炮火的轰鸣声。

安装着机械义肢的小秃鹫飞进其中最大的一座军工厂，工厂大门上的武装防卫系统虽监测到了小秃鹫，却并未阻拦。小秃鹫盘旋着飞过工厂大院，那里悬停着一架超大型运载直升机。

巨大的军用机器吊臂正在工人的操作下忙碌地装载或卸货，一尊尊战争用红脸机器人被排成纵队，等待着被吊装进直升机的运输舱。这些战争机器人一身军绿色装甲外壳，面部则是血红色的脸谱涂装，威风凛凛。

似乎找到了方向的小秃鹫一个俯冲，飞进大院深处一个百余米高的巨型机器人加工车间。

巨大的车间内，各种机器臂忙碌地穿插作业，加工着各类仿生机器人配件，机械运转的噪声中夹杂着四溅的电焊火花，大大小小的运输工具往来交替，车水马龙，好不热闹。

通过了几层关卡，小秃鹫来到车间深处一片相对私密的手工装配工作室。

这里是生产定制仿生机器人的研发车间，装修格调也明显高级很多。来自世界各地的穷苦劳工们身穿统一的绿色制服，神情像机器人一样麻木，他们一丝不苟地辅助着机器臂工作。有的在手工雕刻人体模型，有的在反复测试仿生机器人的关节。硕大的车间内除了工人的干咳声，听不见任何人的动静，热气腾腾的空气中却弥漫着冰冷压抑的味道。

小秃鹫停在车间中央的吊顶灯上歇脚，它收拢翅膀，双眼放着幽光，环视着四周。

这时，下班交工的提示音响起，劳工们立刻骚动起来，像高考考生即将交试卷一样，紧张地做着最后的产品检修。随后，西侧磁力门开启，一个验收机器人手持检测仪器霸气地走进来，后面还跟着一位满身油污和尘渍的少年，他脚踏生了锈的磁悬浮滑板，抱着一个大杂物筐。

少年的眼神天真无畏、清澈透亮，乐观阳光的神情和车间里其他人形成了鲜明的对比，天窗射进的一缕阳光不偏不倚正好打在他的脸上，晶莹剔透的紧致脸庞上满是机油和汗水的脏痕，不修边幅的衣着加上交给风沙打理的头发，为这个活力少年增添了一些痞帅的味道。

他踏着磁悬浮滑板游走在各个生产线之间，辅助验收机器人清点各部门的当日产量。

验收机器人一丝不苟地检验着每一条焊缝和每一个抛光面，并按照验收成绩给劳工们打分，少年则按分数给劳工们发放当日的工分卡。工分卡类似赌场的圆形筹码卡片，五颜六色代表不同的分值，颜色最深的黑色卡片代表 1 分，接下来依次是褐色、墨绿色、深蓝色、紫色、玫瑰色、浅绿色、淡蓝色、红色、橘色、黄色、白色，由 2 分至 12 分逐次增加。

少年同时兜售工作餐食，一种糖球般大小的压缩食品，它是工人们一家的口粮，不同颜色的包装代表不同的口味和营养价值，所售价格也分为 1 到 12 工分不等。

每个劳工都视若珍宝地接过工分卡片，有的随即欢欣鼓舞地购买了最贵的压缩晚餐，有的将工分卡片小心翼翼地刷进胸口的积分器，有的不情不愿地把卡片给了身旁前来讨债的工友，有的眉头紧锁仔细计算着一家人的口粮和存款。

少年一边和各色工人寒暄，一边竭尽所能安慰着因工分太少而沮丧的弱势工人，其中一个貌似第一天上工的十二三岁穿着红衣服的寸头小女孩因操作失误，装反了配件，得了 0 工分，因此黯然神伤、一言不发。少年在红衣小女孩的工位旁徘徊着，悄悄给她留下一个压缩糖球。

最后，少年胸口的积分器也被验收机器人刷进了代表 9 工分的红色卡片，他手里拿着两份工作餐，结束了今天的工作。随人群走出车间大门时，少年的胸口突然传来了信息振动提示音，他心情激动，偷偷从上衣的暗兜里掏出一个手表形状的通信手环。手环因年久失修而锈迹斑斑，上面投射出了粗糙的网络聊天的投影，模糊地显示出几个字："验收完了吗？你住哪里呢？”

少年一脸幸福，赶忙回复：“验收完了，我和你不一样，我从记事起就在这冰冷的机器世界长大。”说完，少年随手用手环拍了一张工厂的照片：“我并不喜欢这里，可据说外面的灼热世界更可怕，不仅有令人窒息的沙漠尘暴，还有那持续了 20 多年的机器人大战。我，也好像一直活在梦里。”

手环投影字幕显示：“你住在沙漠工厂？”

少年继续回复：“嗯，我们这里每天都要为战场输送数以万计的战争武器，还要为总公司提供无数的仿生机器人用作秘密实验。”

手环投影字幕显示：“你是劳工？”

少年犹豫了一下，但没有避讳：“嗯，工厂最初也使用机器人劳工，但造价高昂且极易遭遇黑客入侵，所以这里会聚了世界各地或贫穷或患病的三等公民，我们拼命工作只为换取工分，只有攒了足够的工分才可以购买人造器官延续生命。对于这个时代，相比机器，人更可控。”

见手环没有动静，少年停顿了一下：“我们，是比机器人更像机器的人……”

手环仍然没有回复，少年猜测对方可能嫌弃自己穷困，因此不再搭理自己。他略显失落，虽无奈却释然地抬了一下眉毛，关闭了手环。

第三节

人

在灯红酒绿的大都市上空，那架从南极飞回的无人机因长途奔袭，已经出现因动力不稳而左右微摆的状况，无人机电子眼中的风景也由白雪冰川变成了一座又一座高耸入云、璨如繁星的摩天巨楼。

无人机像迷途归家的小鸟一样，加速飞向科技庄园。

科技庄园大厦占地近千亩，三百层高，采用仿古亭台楼阁的建筑风格。顶部的一百层，每一层都是一个文化主题，将全球文化艺术特色一一包罗其中。中间的一百层是科研中心，全球最顶尖的科学家会聚于此。最下的一百层是家属楼和员工办公楼，各类最前沿的生活设施只有想不到的、没有看不到的。庄园建筑虽然采用每层四十四廊、八十八柱的传统结构，却全部采用属于最高新科技手段的白金卯榫二艺，墙体全部贴纯金金箔，配合蒸汽电镀，即使隐蔽的角落，也都是雕龙琢凤。

无人机飞到科技庄园大厦的顶楼，在“爱仁科技”的巨大灯箱标识上停下，向下面的顶楼广场探寻、瞭望。顶楼广场上，在一个人造湖泊似的巨大游泳池旁，正在举办一场私人派对。

侍从机器人忙碌地穿插走位，服务着各路富豪宾客和俊男美女们。优雅的音乐让人不自觉地飘飘然起来，珍贵食材被花式烹饪和摆盘；各类大师艺术品真迹被随意悬挂在四壁，四周高柱上蹲盘着青龙、白虎、朱雀、玄武四只机甲神兽雕像，从雕像口中源源不断地喷吐出 24k 纯金的金票，漫天飘散，极致奢靡。

来自世界各地的达官显贵们身穿迥异的华彩礼服，有的惺惺作态，全程搔首弄姿拍照作秀；有的诚惶诚恐，看见自己想见的高官贵商出现，立刻扑上前去谄媚寒暄；有的侃侃而谈，一边秀着自己新购入的艺术品，一边大谈全球局势；硕大的顶楼广场上充斥着纵情的喧嚣声。

这时，午夜的钟声响起，宾客们立刻安静下来，像一群等待生日礼物的孩子一样，收敛情绪，整理衣冠，注视着广场中央的纯金舞台。钟声停止后，一个巨大的科学家样貌的全息投影投射在纯金舞台上，那是爱仁科技集团总裁——仁伯的投影。他貌似爱因斯坦，精神矍铄，神清气爽，慷慨激昂地开始介绍今年派对的主题科技产品——新一代仿生机器人员工和塑形科技脸膜。

话音未落，全息投影灯熄灭，舞台照明灯亮起。隐藏在高处的悬浮吊顶缓缓落下，一个衣着飘逸华丽的少女脚踏锃亮的磁悬浮滑板飘出，身后跟着一群仿生机器人样板。少女穿着金镂玉衣，一尘不染，仙气飘飘。

由于假脸脸膜技术的普及，这个世界已经不能单纯用美来形容一个人，可是少女的一颦一笑，不仅和机器人一样完美冷艳，而且她冷峻似冰的眉宇和眼神间透露着与众不同的、人类独有的炽热，这种冰中包火的气质与完美无瑕的五官搭配，再加上黄金比例的极致身材，世间再完美的艺术品和赞美诗词，也无法还原其半分神韵。台下见惯了各色美女的宾客们也顿时像被吸住了魂魄一般，一言不发，一动不动，安静地欣赏着这人间尤物。

少女是仁伯的女儿伊娃，仁伯因临时召开紧急会议，特指派少女作为引领员，引领一众仿生机器人登台展示。在四周射出的光柱追照下，少女指挥着这些俊男美女仿生机器人如 T 台（T 型台）。走秀一样展示自己。

然而达官显贵们却眉头紧锁，显得并不高兴。因仁伯迟迟未出，他们开始骚动和不耐烦。

侍从机器人赶紧给每位宾客都赠送了新一代“塑形脸膜”。一位初来乍到的老妇宾客将这种纳米塑形脸膜贴在脸上，脸膜立即贴合脸部开始了分子重组，自动塑成了一个美少女的科技假脸，除了略显僵硬的表情，脸膜与人脸浑然天成，只是倾国倾城的脸蛋搭配老妇龙钟臃肿的身材，给人一种莫名的魔幻的感觉。

大家都摆弄着手中的脸膜，可几个资深 VIP（贵宾）有些按捺不住了。一位胖得几乎看不见五官的大富豪大声喧哗：“我们不远万里，难道来看的就是这些假人道具？”

其他人也顺势起身，表达不满：“这种破机器人我公司有几千个，我们要可以意识移植的那种！”

“我投了几千个亿了，就投出个脸膜来？”

“对呀，我都快死了！你给我贴脸膜？”

“仁伯自己怎么不出来？叫个小丫头出来糊弄我们，不会是跑路了吧？！”

“走，找仁伯去，这一年又一年，拿我们当傻子哄呢，我所有积蓄都砸进来了！”

有头有脸的达官显贵们也都起身想要跟去，少女赶紧指挥侍从机器人分别安抚，并用专属密封金囊给其中的特殊宾客发送了派对后的私下会议请柬。

这时，几个没收到请柬的公子哥心生不满，想趁机骚扰少女。但机敏的少女赶紧闪身躲避，不料，脚下的磁悬浮滑板却碰到了反应迟钝的侍从机器人。少女脚下一滑，失去了平衡。

人群中，一只稳重而又有力的大手及时伸了出来，扶稳了少女的手腕。少女定睛一看，是一个彬彬有礼的憨厚男士，淳朴黝黑的脸庞在金色的灯光映衬下更添魅力，和那几个公子哥形成了鲜明的反差。

公子哥们正想再过来找碴儿，突然发现憨厚男脖颈上的顶级VIP（贵宾）标记，咽喉处还有一个特殊的弹道疤痕，那应该是在最残酷的“人机大战”战场上才会留下的伤疤。公子哥们吓得不敢再声张，灰溜溜地赶忙走掉。

憨厚男抓扶着少女的手腕，不小心触发了少女手腕上的通信手环，“手环”随即投射出网络聊天的全息投影对话框。少女害羞地想缩回手臂，憨厚男却并没有放手之意，反而流露出了与憨厚外表并不相称的表情。他用手指轻触手环上对话框里的表情栏，点开了一个示爱的心形表情，心形表情的投影慢慢放大，随后破裂成千千万万颗小红心，奇乐浪漫。

少女羞得强行缩回了手，赶紧启动磁悬浮滑板，内心小鹿乱撞般地一溜烟跑远了。

少女来到电梯间的廊柱后面，满面绯红，不住地转着眼珠，抚摩着手环，回味着刚才的经历。其实，长期被父亲严密保护着的少女涉世未深，今天因为父亲身体抱恙又要准备紧急会议，才主动请缨出来应酬。她高冷的行事风格也都是机器人教练训练出来的，对于人情之事，她还是非常青涩懵懂的。

这时，通信手环的聊天记录框里突然出现了来自陌生人的回复信息："你是谁？"少女这才意识到，刚才憨厚男的行为竟不小心给陌生人发送了那套示爱专用的"心形表情"，少女害羞得差点喊出声来。自出生以来，她从没进行过虚拟娱乐和网络聊天，今天第一次接触外界竟然发生了这样的意外。而且，这只通信手环只是用于爱仁科技公司内部工作的联络工具，也就是说，这个"陌生人"大概率也是爱仁科技的自己人，少女越想越害羞。

在删除和不删除这个"陌生人"之间，少女思来想去，斗争了很久。这时，"陌生人"又发来了信息："你一定是发错了，没关系，删掉就好了。"少女一时间竟不知所措，愧疚之情油然生起，她想了半天，回复了一句："发错了，不过没关系。"

"陌生人"回复："真的吗？那你是我第一个虚拟朋友。"

少女有些开心，但还是故作高冷："你也是。"

"陌生人"回复："你在大都市？"

少女说："具体的情况我也不清楚，从记事起，我就在这片热闹的权贵世界长大，我挺喜欢这里，因为听说外面的冷酷世界特别可怕，不仅是那冷漠无情的机甲战争，还有那满目疮痍的生态环境。不过，我觉得自己好像一直在梦里，没有醒过来。"

“陌生人”回复：“那你好幸福哇，你是一等公民，吃穿不愁！那你每天都干什么呀？”

少女说：“这里每天都举办盛典，迎送世界各地的财团军阀，并秘密为幕后金主设计最新的生物科技用以延寿还童。可人造器官、万能美颜早已过时，长生不死才是大家的终极目标。所以，这里会聚了世界各地最顶级的科学家和富豪，疯狂投资和研发可意识移植的机器人。比起贫穷，死更可怕。”

见没有回复，少女不假思索地补充了一句：“我们，是想变成机器人获得永生的人。”

过了很久也没有收到回复，从来没有被拒绝过的少女以为对方在嫌弃自己的身世，失望得面露愠色。少女正想删除聊天记录，手环却又适时地传来了几个字：“验收时间到了！一会儿再聊。”

婴孩机器人“I”

龙形洲际飞船

第二章

生而为人

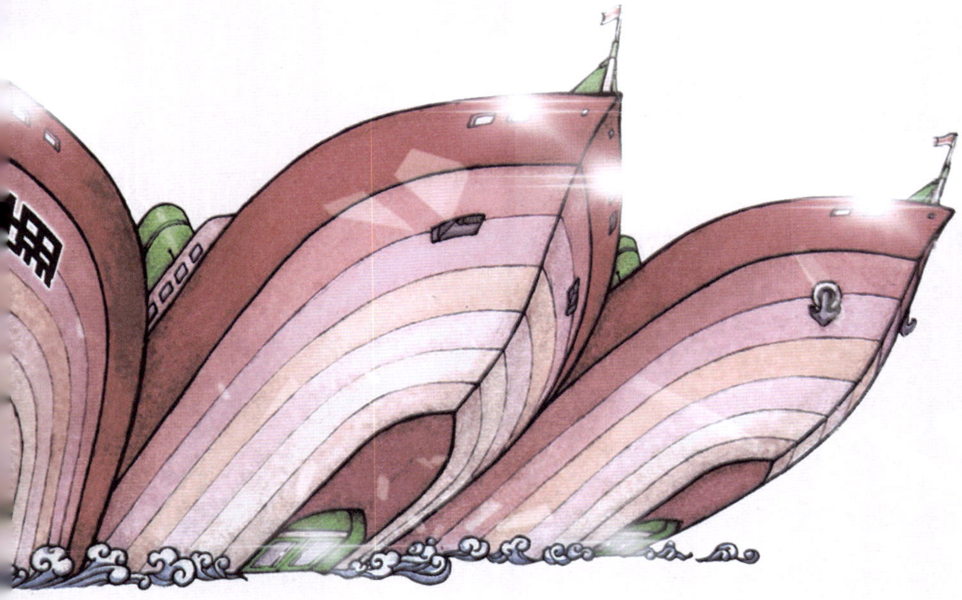

第一节

生老病死

在沙漠机器人工厂里，少年小心翼翼地将通信手环收起。随人流走出工厂大门时，才发现肚子已经咕咕叫了。他迫不及待地撕开压缩食品包装，一股虾仁饺子的香味扑面而来。少年正想吞下压缩糖球，大门外的中央花坛里突然出现了爱仁科技集团总裁兼首席科学顾问——仁伯的巨幅全息投影。全息投影上的仁伯仙风道骨，开始了和科技庄园派对一致的标准广告模式，推广新一代仿生机器人伴侣和人工科技肺。

望着仁伯的全息投影，少年的羡慕与崇拜之情溢于言表。他也想有朝一日可以出人头地，像仁伯一样改变现状、改变世界。少年眼中正闪着梦想的光芒，突然看见在中央花坛角落的阴影中，那位刚才只得了 0 工分的红衣小女孩正蜷缩成一团，无助地抽泣着。少年刚才悄悄留给她的压缩食品被丢在一旁。小女孩自顾自地流着眼泪，并没有打开它食用，而熙攘的人群中也没有一个人愿为她驻足。

少年犹豫了一下，还是咽了咽口水，捧着虾仁饺子味的压缩糖球上前安慰。不料，看见走来的少年，原本羸弱的小女孩却突然杏眼圆睁，一个箭步扑了上来。她使出洪荒之力，死死抓住少年胸口的积分器，面露远超出她年龄的成熟与凶狠。小女孩像狗皮膏药一样粘在少年身上，紧抓着少年的头发和积分器，边喊边抢：“把你的工分给我！这一切都是你爸害的！父债子还！”

少年费了九牛二虎之力好不容易甩开了小女孩，但身上的工服已经被揉得皱皱巴巴，脸和脖子上也满是咬痕和抓痕。少年虽然委屈生气，可又怕被远处正在巡逻的安保机器人察觉，于是压低了声音："你有病啊！你咋不分好人坏人！"

小女孩听罢大哭起来："妈妈说，这个世界之所以会打仗，都是因为你爸爸发明了杀戮机器人和意识移植技术！昨天妈妈死了，爸爸还在打仗，生死未卜……我是我们家最大的人了，所以我必须来工作……你今天又不给我工分！你爸爸害死了我爸爸和我妈妈，你又想害死我！"

少年听了这话一愣，一幕幕往事浮现在脑海中：从出生开始，少年就和母亲相依为命地住在这个工厂大院，他的世界除了机器人、工分，就是沙漠，他没见过自己的爸爸，关于爸爸以前是个很厉害的科学家也只是道听途说。从小到大，他已经无数次地听见别人议论自己的父亲是毁了这个世界的罪魁祸首：有的说少年的父亲是来自地狱的惩戒使者，能力比肩神明；有的说少年的父亲是人间瘟疫，战争狂人。而母亲每次提到爸爸也都是欲言又止，更不允许少年深问。这次，又被小女孩愤恨地谴责，他无力辩解，一脸无辜地说："我爸爸在我很小时就去世了，他的事我真的不知道，我甚至不知道他是谁，我只模糊记得他身上的化学药水味和他死前给我取的名字：A……"

小女孩死死盯着少年，她完全听不进去，不依不饶地伸出手向他索要工分。少年沉浸在自己的回忆里继续解释："可能 A 既是第一个英文字母又是第一个中文拼音，也可能是某个以 A 为开头的名字他没写完，反正我也不得不接受这个名字，因为这里所有的人也都只叫我'哎'。"

“哎，你有完没完，我妈妈尸骨未寒，正等着我的工分去火化呢！”小女孩完全听不进去少年的解释。见少年迟迟不行动，小女孩憋足了劲大声叫喊：“你爸爸害了这里很多人！他们的爸爸、儿子和哥哥、弟弟，甚至姐姐、妹妹都在战场！父债子还！他欠我们的，你要替他偿还！”

围观的工人越来越多，一道道冷漠的眼神如利剑戳刺着少年的心。少年看了看从远处走来察看异常情况的安保机器人，无奈之下，只得从胸口的积分器里取出代表 10 工分的计分卡递给了小女孩。

这时，少年看见小女孩的脖子上挂着有她爸爸照片的项链，刚想细看，小女孩却一把抢过工分卡，一声不吭，头也不回地走掉了。走了几步的小女孩又突然折返回来，没等少年再说什么，她迅速捡起少年掉在地上的虾仁饺子味的压缩食品球，接着，朝少年吐了口唾沫，再次神情漠然、头也不回地转身走了。

少年正一阵心酸，通信手环又传来了消息：“刚才一直在开会……”看见手环上的信息，少年沮丧的心情稍微好了一些，这确实是他人生中的第一个虚拟朋友。在这个时代，劳工这种三等公民是没有资格占用虚拟网络资源的，这只手表形状的第一代通信手环正是当年少年的父亲留给他的遗物。因为少年昨天刚过完成人礼，母亲受不了他的软磨硬泡，才将这只通信手环作为生日礼物送给了少年。没想到就在刚刚，少年莫名其妙地收到来自陌生人热情似火的心形表情，虽然确认是发错了，但少年还是非常好奇和珍惜这个来自未知世界的未知朋友。

“哎！看路！”

因为只顾低头回复信息，少年正好撞在一个小山一样高大的黑人怀里。高大黑人是这个军工厂的厂长，身高两米有余，满脸文身，左臂是集合了各种生产和修理工具的机械义肢，身后跟着两个安保机器人，一副凶神恶煞的样子。只要不违背监管机器人的规章制度，不瞒报审计机器人的数据，他就是这个工厂小天地里的土皇帝。

他把黢黑的右手朝少年胸前的积分器伸过去，仔细检查了一番。

“怎么，又被小孩欺负了？”黑人厂长用沙哑又恐怖的声音问道。

少年欲言又止。黑人厂长随即话锋一转，笑嘻嘻地拍了拍少年的肩膀：“你要是真喜欢孩子，就多跟我妹玩。”

听到这句话，少年的脑海中立刻浮现出一个憨萌的黑人胖妹，她正在向少年撒娇：“我就是欣赏你的简单无畏、纯天然……”

少年生无可恋地叹了口气：“又来了……”

黑人厂长也不废话，将代表 12 工分的白色计分卡插入少年胸前的积分器：“嘀咕什么呢？我看你妈早上去医院了，多长点心！在这儿，差一分工分都会出人命，知道不？”

少年忽然想起母亲今早感冒了，正在等自己去刷工分取药，于是边跑边喊：“我知道了，谢谢厂长哥，那个，我妈等我刷分呢，我先走了哈！”

黑人厂长一副凶神恶煞的外表下其实是细腻体贴的暖男：“把你的通信手环给我藏好了，这要是被发现了，还以为你是间谍呢，罪可大可小哇！还有，你看见我妹时多跟她说说话，青春期叛逆着呢。”

“哦，好的……”少年含糊地答应，迅速踩上了磁悬浮滑板，一溜烟地跑掉了。

少年的通信手环再次传来了带着生气又傲娇的信息："你怎么不回话！"

少年连忙回复："刚才撞到我们厂长了，他很照顾我，因为他妹居然看上我了！哈哈！"

对方回复："你是男的？"

少年回答："嗯，男，三等公民，你呢？"

对方所问非所答地回复："你不喜欢妹妹？"

少年突然被问得一脸羞红，想起比黑人厂长还要高大、肥硕的厂长妹妹，顿时咽了口唾沫："说实话，我生来就对女色兴趣不大。可能是遗传了我爸的基因，我只对机器感兴趣。"少年又补充了一句，"可我的身体却天生对金属有剧烈的生理排斥，你知道，在这个义肢辅助和人造器官像穿衣服一样普及的时代，我就像个裸奔的残疾人。"

手环的显示器出现了四个字："我是女生。"

少年内心一阵悸动，不可思议地捂住嘴巴，回想自己是不是有不妥的言辞。这时，驾驶磁悬浮滑板的少年路过了一大片沙地广场，成千上万的幼童光着屁股在沙坑里裸奔玩耍，在沙坑四周，瘫卧着许多已经丧失劳动能力的老弱病残。这些人的胸前都系着一条残旧的破布，他们神情释然，三三两两地亲切交谈着，身上裸露的金属器官和机械义肢由于长时间没有修理保养，已经锈迹斑斑了。焦红的夕阳斜晖洒在他们身上，场面令人感到心酸，却也令人动容。

少年随手用通信手环拍了一张广场的照片，一本正经地介绍："这里是劳工的家属区，与压抑的工厂不同。小孩子还没到工作年龄，正无忧无虑地度过人生中最像人的时光；老人们大都放弃了挣扎，看淡生死，等待着随机而来的告别。”见没有回复，少年深吸了口气：“也拍一张你那边的吧，一定很美。”

过了一会儿，对方回复道：“不，这里很丑，我也很丑。”

少年一时不知该怎么回答。这时，远处响起了刺耳的警报声，紧接着，天边卷来了恐怖的沙尘暴，灰压压的黄沙像洪水一般袭来，遮天蔽日。但广场上的人们并不惊慌，反而见怪不怪似的用各自胸前那条破布掩住口鼻，熟练地收拾好自己的随身物品，就近拉开地上一个类似井盖的地洞入口，先妇孺，然后是残疾人和老人，大家有条不紊地进入地洞躲避沙尘暴。

少年也连忙戴上自制面罩，加速启动磁悬浮滑板，赶在沙尘暴吞噬自己之前进入了一幢黑灰色的高大建筑，上面写着六个大字：“爱仁科技医院”。

一进入医院大门，就看见四块不协调的巨大又奢华的广告牌屏幕，下面三块广告牌屏幕分别展示着爱仁科技集团过去的辉煌历史：三大科研成果。一是军事战争用杀戮机器人，二是生态保健用生物机器人，三是地外探索用宇航机器人。三个类别的代表性机器人形象被全息投影在广告牌上。

代表第一类杀戮机器人的正是工厂院子里被排队吊装进运输舱的那些红脸绿身的武装机甲；

代表第二类生物机器人的是一只仿生机器大熊猫，他的身体各部分都装有吸收沙尘、净化空气的换气孔；

代表第三类宇航机器人的是一只人工智能金刚机甲，各种宇航装备悬挂身侧，威猛睿智，神似齐天大圣，而头部又酷似一个驾驶舱，舱内似乎大有乾坤。

最顶上的一块大屏幕展示着最新和未来的科研方向——意识移植用仿生机器人。

这些形象都是剪影，看不清楚太多细节，但少年被穹顶的另一则即时广告吸引住了，那正是少女的全息影像，少女青涩地背诵着与自己形象不太相符的洗脑广告词："如果改变不了环境，那就改变你的肺！"几个机器人护士也在医院大门后的大厅中播音推广："好消息！大福利！工龄满 20 年的老员工可以九点九八折的超优惠价格购买人工肺，它由爱仁科技集团用比钻石还贵重的弹性金属倾情打造，让延寿十年不是梦，最低只要 1000 积分……"

大厅左侧是一个巨大的钢铁焚化炉，一排排尸体被机器人护士依次推进去焚化。大厅右侧是一排通往二楼的旋转楼梯，上面站满了排队兑换人工器官的劳工。少年顺着旋转楼梯挤到了二层的诊疗区，各种待诊患者及家属拿着积分卡焦急地徘徊着。上层烧钱、下层烧人，生老病死之苦在这里一览无余。

这时，通信手环又出现了一条信息："告诉你个好消息，我可能会去沙漠办事，说不定可以见到你。"

少年喜出望外："真的吗？那太好了，你来了告诉我，我……"

"哎，你是 A 吗？"一个机器人医生走过来打断了少年。

少年放下手环回复机器人医生："嗯，我来给我妈缴费，呃，普通感冒，90476524 号。”

机器人医生一丝不苟地查询手臂上的实时数据：“对不起先生，您的母亲刚刚被检测出肺殇，现已转入高危病房，如需抢救请缴纳 100 积分。”

少年大惊：“什么！不可能！今早她还好好的！”

机器人医生说：“先生，90476524 号病人属于恶性肺殇，如需更换人工肺，请缴纳 1000 积分。”

少年大怒：“不对，一定是你们为推销产品在搞鬼！我妈没病！”

机器人医生一句废话不说，转身离去：“再见。”

少年脱下一只鞋向机器人的背影扔去，还大声骂道：“滚一边去！想坑我？做梦！”

机器人医生突然转身给了少年眼睛一拳。

少年眼框乌青地瘫坐在地上，光着一只脚，狼狈不堪。

机器人医生从背上的储物箱里掏出少年妈妈的衣服，往地上一扔，几袋压缩食品和一本电子日记从衣服兜里掉了出来。

“你母亲在 34 号高危病房，最低抢救费 100 积分。如不抢救，后果自负；友情提示，火化费 10 积分。”机器人医生目露凶光，掏出了刷卡器。

少年愤怒地看着机器人医生冰冷的眼神和毫不在乎的表情，既无助又无奈。

嘀的一声，一只涂着玫红指甲、戴着镀金手镯的手伸到机器人医生面前，在刷卡器上刷了 100 积分。“别和他啰唆！快去救咱妈！”如洪钟般浑厚的声音对少年说。

少年抬头一看，来者正是黑人厂长妹妹，身高两米有余，腿部和腰部的线条明显异于常人，一看就是植入了人造肌肉和机械脊柱。她膀大腰圆，比黑人厂长还要强壮许多，在黝黑皮肤的衬托下，眼白和牙齿皎洁如月。

机器人医生立刻微笑道："感谢您的使用，90476524 号病人已经在高效抢救中，预计 15 分钟抢救成功。"

少年正要说些什么，厂长妹妹俯身蹲下，左手搭在少年的肩膀上，右手帮忙收拾地上的衣物。

"救人要紧！"厂长妹妹说道。

少年内心五味杂陈，一时间也不知道该说些什么，这时，他突然发现妈妈的电子日记因年久失修，上面的密码锁被摔开了。他忍不住好奇，小心翼翼地打开了它，妈妈艰辛抚养自己长大的影像一一呈现面前，少年的眼泪一瞬间夺眶而出。厂长妹妹识趣地坐在一旁，露出了与身材不成正比的乖巧。

"不应该呀，一点发病的迹象都没有哇。"少年吸了吸鼻子，擦掉眼泪，懊恼地自言自语，接着，他打开电子日记关于父亲的那一段记录，妈妈和爸爸年轻时的全息视频日记滚动着播放出来：

少年的爸爸——艾生博士，竟然真的是举世闻名的鬼才科学家。艾生博士年少成名，与妻子青梅竹马，中学时期便拥有了无数远超于时代的机器人专利，却因年少无知被资本裹挟哄骗，发明了第一代红脸绿衣的战争用杀戮机器人，几经发展后，竟间接引发了机器人世界大战。

战后，艾生博士被军事法庭列为“战争狂人”，锒铛入狱，那时他年仅20岁。

狱中，艾生博士结识了同样因发明违禁武器入狱的科学家阿仁，也就是如今的“仁伯”。两人遭遇相似，志同道合，也都计划弥补战争带给人类的创伤。

出狱后，艾生博士与仁伯成立了爱仁科技公司。最初只是小打小闹，发明了很多人造器官和机械义肢，帮助在战争中残疾的士兵和老弱病残延续生命，直到五大财阀介入，艾生博士和仁伯才有了充足的资金和团队，两人决定闭关攻坚，致力于发明意识移植技术，尝试打造一种可以与人类互换意识的超级仿生机器人，让饱受战争摧残的人类可以借助机器人的躯体重获新生。

最终，皇天不负苦心人，经过不懈的闭门钻研，可以实现与人类意识互换的第一代仿生机器人婴儿Ⅰ诞生了，与此同时，妈妈也生下了少年，双喜临门！可就在万众瞩目的发布会上，机器人婴儿不仅不能进行意识互换，还引发了严重的生化电池泄漏。最后，艾生博士为了保护众人，付出了生命的代价。

这场闹剧不仅宣告了意识移植技术的失败，也狠狠打了五大财阀的脸。五大财阀自然不肯罢休，他们坚称意识移植项目没有问题，而是艾生博士作为战争复辟者见利忘义，图谋不轨。五大财阀清除了机器人婴儿Ⅰ，流放了刚刚满月的少年和还在坐月子的母亲。后来，仁伯被迫作为五大财阀的傀儡，重新接管了公司，继续研发意识移植技术。而被流放到军工厂讨生计的母亲，这么多年，含辛茹苦，带着少年隐姓埋名，艰苦度日。

少年和厂长妹妹看得入神，仔细地理解和消化这些内容。这时，急救病房的绿灯闪烁起来，表明母亲的抢救成功了。少年和厂长妹妹赶紧起身冲进病房，慈祥的母亲虚弱地躺在硬板床上，意识还不是很清晰。负责抢救的机器人医生高高地坐在床头，几条输液管从机器人的肚子里探出，连在母亲肺部的静脉上。

少年看着艰难呼吸的母亲，瞬间心疼得泪如泉涌，百感交集地把自己胸前的积分卡捏得吱吱作响。厂长妹妹伸手摸了摸少年的头。少年虽然身体条件反射似的打了个冷战，但内心还是很感激厂长妹妹出手相助，于是拍了拍厂长妹妹的肩膀，表示回礼。

少年抬头望向巴掌大的病房窗口，长叹了一口气，无限感慨地说："人要是真的可以不病不死，该多好。"

窗外，那只用机械义肢修补过翅膀的小秃鹫盘旋着飞过，可仔细瞧去，小秃鹫的青灰色眼珠竟然一直死死地盯着少年。

第二节

欲求不得

大都市科技庄园内，少女关闭了手环，看四下无人轻吐了下舌头，这也是她第一次在虚拟世界和陌生人交朋友，外表高冷的她其实内心也很渴望友情。父亲禁止她使用任何虚拟软件，每日只要求她精进学业，而她的阶级又很难让她遇到有真情实感的友谊。而且，虚拟网络世界由于发展过于迅猛，产生了诸多问题：公共信息泄漏、PUA 病毒植入、大数据战争、舆论控制与攻击……很多问题都威胁到了统治阶级的安全。

于是，三等公民不被允许再进入虚拟世界，而大部分一等公民也自发选择了不滥用虚拟通信，避免不必要的信息泄漏和数据安全隐患。每个公司都会开发自己的通信工具，爱仁科技使用的手环通信器是最原始和简单的、类似邮件的沟通工具。而少年的手环是父亲艾生博士留下的，所以它才能和仁伯留给少女的手环进行内部连线。

少女乘坐私人高速电梯来到了一层，按下耳环上的全息投影换装按钮。原来，刚刚在舞台上的这身华丽演出礼服竟也是全息投影投射出来的虚拟影像，耳环切换服装模式为少女全息投射出一身清爽的便服，简洁干练，却更反衬少女似出水芙蓉。

少女走出庄园西门，门口正上方挂着巨幅的时代周刊全息投影海报，海报上依然是风度翩翩的仁伯，手里托着可意识移植的转换器头盔。海报下方，刚才帮助少女的那个憨厚男士正倚靠着墙角等候着。

少女犹豫了一下，还是客气地点头示意，并绕路而行。不料，憨厚男却突然一个箭步上前，孔武有力地抓住少女的手，并顺势将其揽入怀中。远处的两个安保机器人虽然察觉到异样，却在进行了数据评估后，识趣地选择了转身离开。身怀绝技的少女从未担心被骚扰，可是憨厚男的移动速度之快以及力量之大，都超出了少女的预想。而且，少女对憨厚男之前的帮助有着一丝的感谢和好奇，一时间竟没有做出过激反应。

只见憨厚男熟练地从兜里掏出一枝机器玫瑰，动作和姿势老练。“我就知道你喜欢憨厚型的！不枉我花高价定制这套脸膜！”憨厚男说道。

少女一脸懵，不知道憨厚男语出何意。

“别故意矜持了，长这么大，还没被碰过吧，这里你爸看不见……”憨厚男迫不及待地开始对少女上下其手。

这回少女彻底听懂了，她顿时柳眉倒竖，气沉丹田，一个俯身旋踢，瞬间挣脱了憨厚男，并顺势摘下了憨厚男的脸膜。原来，真实的憨厚男竟是个满脸烧伤疤痕的中年男人，且已接近毁容的程度，他只是戴了一个憨厚帅气的假面科技脸膜。他没想到少女竟有这样的身手，赶紧用手遮住自己又老又丑的脸，利用夜色将自己掩藏。

这时，少女认出了憨厚男脖子上顶级 VIP 的验证码，想着他应该是父亲请来的贵宾，刚想说些什么，憨厚男却满不在乎地摇了摇手，在黑暗中戴上了一个新的塑形脸膜，转过身，头也不回地走了。

走了几步，他又突然折了回来，指着门口大海报上的仁伯照片，对少女做了一个禁言的手势：“保密，对你我都好。”说完，再次扭头走掉，身影漠然。

少女也并未生气，只是陷入了思考：父亲仁伯是这里的总裁，当年又临危受命替艾生博士背起巨债，拯救了公司，是五大财阀身边的红人。所以，各路宾客无论多么嚣张也都会给仁伯面子，至少不敢在这样的环境下对少女不敬。那么，伪憨厚男的身份至少和仁伯平级，甚至更高，他究竟是什么来头呢？

“伊娃，你没事吧？”

少女闻声回头，从远处走来一个安保机器人，机器人头部投射出仁伯的全息影像。仁伯的影像慈眉善目：“被色狼套路了？”

少女看见父亲，这才像个孩子一样委屈地点了点头。

仁伯的影像说：“正常，不要挂在心上，你想在这个世界找到真爱，恐怕只能找个机器人了。”

少女满脸撒娇和怨气：“您还好意思说我……”

说者无心，听者有意，仁伯开玩笑的话却让少女不由得思绪万千。少女其实是仁伯和一个仿生机器新娘的“爱情结晶”，当年那场轰动一时的“人机婚礼”引发了街头巷尾的热议。所有老一辈都还清楚地记得那个身穿婚纱的仿生机器人新娘举着仁伯送的订婚戒指，在所有媒体记者面前答应了仁伯的求婚。

机器人新娘说道：“I do！”（我愿意）当她看到台下众人质疑的眼神时，她又很认真地补充道：“I can do！”（我能做到）

她也确实做到了，仁伯为机器人新娘设计了人造子宫，并用仁伯的基因和最尖端的生物科技让机器人新娘成功怀孕并生下了少女。也就是说，少女是一个比机器人更具科技含量的科技人类。基因技术给了少女美貌与智慧，芯片技术给了少女才华与能力，财富地位也给了少女自信和冷傲，可无法弥补的是，仁伯没有给她真实的母爱，因为机器人新娘并没有自主意识，由程序设定而来的母爱情节令少女真假难辨，迷茫不堪。而随着爱仁科技的事业逐年步入辉煌，这桩怪异联姻也被媒体描述成："仁伯为了全人类的机器人事业奉献了所有，包括爱情。"

仁伯的全息影像又开口道："瞎想什么呢？马上开股东大会！有惊喜！快回会议中心吧。"

少女被打断了思绪，听话地点了点头，启动了磁悬浮滑板，飘逸地滑行飞走了。一路上，少女回想了自己缺失的父爱和母爱，一阵心神不宁，很想和自己的新朋友倾诉一下心中的苦闷。她忍不住打开了手环，写道："生而为人，我却像是一台被设定好的机器……我愿用我所拥有的一切，换一分钟真正的爱……"可犹豫再三，少女最终还是删除了消息，而没有按下发送键。

少女经过一个辽阔的军营广场，只见成千上万的坦克装甲和武装飞行器整齐排列着，广场四周站立着荷枪实弹的人类雇佣兵，蓄势待发。空中的探照灯与巡逻机的射灯交相辉映，令场面宏大而慑人。少女虽然见多识广，但也感觉到了这一次气氛有所不同，像是有什么大事要发生。她驻足观察，发现这些雇佣兵不同以往，他们身形魁梧，动作娴熟，神情中透露着久经沙场的老练，明显都是经过严格筛选的精英王牌。再仔细看，每个人穿的军服都不同，而且军衔竟都在将军级以上。他们不是普通的雇佣兵，而是从各个部队临时紧急抽调过来的骨干，估计都没来得及熟悉彼此，正自顾自地认真调试着自己的武器性能。要知道，这些人任意拎出来一个都能独当一面，都不是简单为钱卖命的小角色。那究竟是什么行动能让这么多高阶将军同时出动，而且还是甘当普通士兵的身份呢？

突然，远处响起震耳欲聋的炮火声，天边泛起一朵朵恐怖的蘑菇云，战火烧红了漆黑的夜空……紧接着，从远处飞来一批运载直升机，压着气旋降落在中央广场。舱门打开，一批批沙漠军工厂新鲜出炉的战争用机器人整装待发，一辆辆异形坦克装甲轰鸣启动，一架架飞行器亮起了引擎灯。

这时，天空已泛起了鱼肚白，少女不敢耽搁，加逗穿过军营广场，进入了一幢巨大的龙头造型的钛合金异形建筑，建筑门口写着“爱仁科研会议中心”。奇怪的是，周围都是可移动的别墅豪宅，只有这个科研会议中心不是带轮子的可移动建筑，而是深埋于地下。少女经过层层扫码验证身份和安检流程，进入了中心大厅。大厅中央是一个开放式的半透明实验室，一队仿生机器人从左边的门依次进入，另一队人类志愿者从右边的门依次进入，实验室内部背靠背放置着一对对类似牙医躺椅的设备，仿生机器人和人类志愿者分别配对躺在设备的两端，科学家为他们戴上意识移植转换头盔，并按下启动按钮。

设备立刻被强烈的电磁波振频震动得颠簸起来，人类志愿者好似被电击一样痛苦地号叫，仿生机器人也像被过度充电一样通体滚烫，不一会儿，内置电路就被烧毁了，人类志愿者也都鼻孔流血，昏迷不醒。就这样，一对又一对人机周而复始地实验着，显示器也一次又一次地亮着意识移植失败的红灯。

大厅穹顶的智能系统依旧播放着全息动态海报，展示着公司多年来杰出的实验成果。

“第一类应用于极限战争的可随意吸附金属作为战甲的‘帝王机甲’（红脸机器人），第二类应用于生态修复的记忆型反循环仿生物机器人‘逍遥机甲’（熊猫机器人），第三类应用于地外探索的陨石科技智能生物机器人‘罗汉机甲’（大圣机器人），以及正在攻坚阶段、可以与人类意识互换的超仿人类机器人，这将是人类历史上最彻底的科技革命。”

少女来到有严密监控的止步禁区，经基因检测后被允许进入，她乘私人升降梯不知下降了多少层，来到了一个奢华私密的内部会客厅。会客厅里已经围坐了很多手拿纯金秘密请柬的股东以及各方势力的代表，有一部分是刚才庄园派对上的老面孔，大家交头接耳，虚假地客气寒暄。

这里是爱仁科技集团的科研中心和会议密室，来这里开会的人非富即贵，他们虽然拥有比普通贵族更大的财力与权力，却发现即使到了这个级别也总有能够制约自己或与自己敌对的角色出现，因此始终无法真正地做到为所欲为。每个人都是另一个人的棋子和工具，所有无法化解的矛盾到最后除了发动战争也没有更好的解决方法。他们的钱早就多到不知如何去花，其实，也没有时间和精力去花。他们不停地用药物留住青春、延长寿命，可事实却是：身体越保健越虚弱，容颜越整改越松弛，器官越更换越衰竭。他们日思长生，夜求不死，欲求不满之心呼之即出。

当听说可以通过意识移植技术将自己的意识上传到仿生机器人体内实现永生，又听说是五大财阀操盘、鬼才科学家操刀时，他们简直是一呼百应，纷纷倾囊投入。就算实验一次又一次地失败，他们还是愿意相信奇迹会诞生，每次抱怨过后也还是会继续投入，并翘首以盼。毕竟，和永生相比，其他事无论多大，都是鸡毛蒜皮。

少女走进大厅，机器人秘书赶忙礼貌地微笑着走来打招呼："晚上好，小姐，您今天又漂亮了！"

少女四下看了看："我父亲呢？"

机器人秘书赔笑："对不起小姐，仁伯刚刚有些不适，还在休息。"

少女脸上写满了担忧。仁伯常年用自己的身体进行意识移植实验，再加上积劳成疾，身体状态越来越差，而且顽固的仁伯死活不肯替换人造器官。

见少女不开心，机器人秘书眼球轻转，继续赔笑："我觉得您不用过于担心，以仁伯的状况再活三年都没问题。"

少女听罢，立刻怒火中烧："那三年后呢？"

机器人秘书自知口误，眼珠转了半圈，赔笑着转身退去，轻言轻语："待会儿见。"

少女皱着眉头，盯着机器人秘书谄媚的背影，一脚踹了过去。机器人秘书被踹了个"狗吃屎"，却立刻起身转回来，毕恭毕敬地擦了擦少女因用力过猛而踢脏了的鞋子，平静的电子眼中却流露出一瞥诡异的深邃。

这时，会议进入倒计时，听众席上掌声响起，中央讲台科技感十足的灯光也依次亮起，讲台背景是分别戴着"金木水火土"五张图腾面具的五大财阀的全息海报，海报下面端坐着五大财阀旗下的五大军工集团的雇佣兵首领，他们都是做过基因强化和骨骼肌肉改造的杀人狂魔，而正中央为首的正是刚刚调戏少女的伪憨厚男，虽然他换了新的塑形脸膜，但少女还是一眼就认出了他脖子上的伤疤，她顿时明白了些什么。

结合之前观察到的种种迹象以及路上集结的军队，敏感的少女意识到即将有大事发生，而听众席上的众人见到五大雇佣兵首领齐聚一堂，早已是一片哗然，坐立不安。大家都知道，能把这五位雇佣兵首领同时叫来，而五大财阀又同时参会，这恐怕是要发生世界大战的节奏了。

众人正在揣测，机器人安保推着一个磁悬浮轮椅从后方走上讲台。轮椅上坐着一位虚弱的老人，从眉眼判断，老人正是仁伯。只是真人版的仁伯神色憔悴，四肢无力地蜷成一团，和之前全息影像海报上伟岸挺拔的高大形象大相径庭。仁伯缓了口气，向大家抱拳问好。

这时，五大财阀的全息投影上线，众人立刻鸦雀无声。机器人秘书赶紧登上讲台，调暗了灯光，并抱出那架从南极奔袭赶回的无人机。

仁伯借助机器人秘书播放的全息投影，向众人回忆南极的前世今生：

“众所周知，第三次世界大战是名副其实的机器人战争，而在座的各位通过机器人军备竞赛和私下的协调运作已取得了巨大的商业成功。但同时，海量的机器人残骸和工业垃圾却已远超回收极限。最后，天然低温的南极成为我们各大工厂默认的机器人坟场和生化隔离区，无数的工业垃圾和生化机器废品被回收运送到南极处理。”

随后，仁伯打开并播放了无人机带回的影像资料：“就在昨天，我们的无人机在南极意外坠机，却因祸得福拍摄到了南极冰川下隐藏多年的异世界。”

机器人秘书边梳理无人机录下的影像关键帧边补充："那里是一个利用机甲残骸改造的机器世界，机器生命貌似已全部形成了自我意识，而其中的领导者居然正是当年艾生博士研发的那款意识仿生婴孩机器人I。这意味着，当年看似彻底失败的意识移植实验很可能另有玄机。"

台下听众瞬间来了精神，所有人屏住呼吸，侧耳聆听，仁伯也激动起来："我们有理由怀疑，艾生博士当年已经成功把自己的意识植入到机器人I体内，并且实现了永生，如今，他已在南极卧薪尝胆建立了机器王国，但是敌是友还不明确。如果是友，我们就不需要再苦心研发了，我们的长生不老梦即将达成；但若是敌，待他们根基扎稳真要返回来一统天下时，我们恐怕就凶多吉少了。"

台下的各方势力都想要发表意见却又不敢喧哗，只能窃窃私语。这时，五大财阀的全息投影同时下线，吓得众人立刻恢复了肃静，雇佣兵总首领——伪憨厚男扶了扶耳麦，似乎接到了五大财阀的最终指令，他站起身来，提高了嗓音："各位请放心，你们都是爱仁科技的股东，大家是自己人，有福同享，有难我们当！我们已经受雇于五大财阀，决定带领五大精英雇佣兵部队前往南极揭开真相，取回宝藏。"

机器人秘书又在一旁放出了沙漠工厂那只小秃鹫的侦察视角录像。原来，之前在沙漠飞进工厂车间的小秃鹫也是一个侦察用的仿生机器人，机器人秘书自豪地补充："此外，我们已经火速通过侦察机器人，在沙漠军工厂找到了艾生博士的儿子A。如果婴孩仿生机器人体内真的是艾生博士的意识，那少年A将是我们最重要的谈判筹码！"

听众席终于有人按捺不住："那请问什么时候去呢？"

其他人也七嘴八舌，难掩激动：“我们也想去，也想出一份力呀。”

“是呀，大家都是自己人，可别把我们丢下呀。”

仁伯和雇佣兵总首领相视一笑，接着，他激情澎湃地说：“择日不如撞日，事关生死，刻不容缓！”说罢，仁伯随即按下了磁悬浮轮椅上的开关，整个科研中心瞬间剧烈地抖动起来，并开始缓缓上升。原来，整个爱仁科研中心居然是一个龙形的洲际飞船，龙头部分作为官方建筑物裸露于地表之上，而地下是飞船的龙身部分，大家所处的会议室则在最下面的龙尾处。龙形洲际飞船挟带着泥土和草皮拔地而起，缓缓升空，引得周边设施和小型建筑坍塌。宾客们早已兴奋不已，欢呼雀跃。透过龙鳞形的窗户向外面看，军营广场上的武装雇佣兵也已接到指令开始起航，一艘艘运载直升机探出机头和悬浮翼，变形成了蝠形飞船，浩浩荡荡地尾随龙形洲际飞船起飞，气势恢宏。

仁伯容光焕发：“接下来，让我们携手踏上长生不老的旅途，武装部队拜托五位首领指挥调度；伊娃，你带几个机器人保安，去沙漠把那个少年 A 带回来，切记，要完好无损地带回来！”

少女欣然答应，因为她也认出了小秃鹫传回的沙漠工厂影像正是她不知名虚拟好友发过的工作照所在地，一种莫名想去沙漠看看、顺便与网友见面的冲动涌上心头。而此时，她还不知道她的虚拟好友，正是她要抓捕的少年 A。少女偷偷拿出手环通信器，兴奋地给少年发了条信息：“刚才一直在开会……”

第三节

爱憎别离

沙漠医院的病房内，少年和厂长妹妹呆坐在母亲的床边，少年左手紧捏着自己已清零的积分器，右手紧握着母亲的手臂，眼角留着两条已经干了的泪痕。地上铺了一地的积分卡，大约有 300 多分。母亲已经苏醒，鼻子上戴着脏兮兮的、明显用过很多次的“一次性呼吸罩”，手里还紧紧握着半个虾仁饺子味的压缩食品球，那是她中午省下来要给儿子的，她知道少年最爱吃这个口味。母亲在为仿生机器人化妆和植发的车间工作，虽不太劳苦，但获得的工分也较少。今天，本来她以为是感冒咳嗽，却没想到被诊断为肺殇。

肺殇是一种新型环境疾病，高发于污染严重的沙漠地带，不换人工肺，治愈率很低。因刚才的急速抢救，母亲面色苍白，她望着苦思生财之道的少年，心疼地流下了眼泪，有气无力地规劝道：“换肺要 1000 积分，这不现实，你们已经尽力了，不要再在我身上浪费精力和钱财了。”

厂长妹妹不服气：“这不是有 312 分吗？！都有三分之一了！”

母亲说：“是呀，他就 12 分，剩下的 300 分都是你的，你已经借给我们很多了，我们还不上啊。”

厂长妹妹忙说：“不用还，不用还，这是朋友应该做的……我哥还有，我去找我哥借。”

母亲还想说点什么，一阵剧烈的术后反应打断了她。厂长妹妹很识

趣地不再说话了。母亲握紧少年的手，说："不要留恋我，也不要恨你父亲，天下无不散的筵席，听妈的，过好你自己的人生。"

但少年似乎一句都没听进去，他手里拿着母亲的电子日记，眼睛盯着机器人医生胸口上闪烁的仁伯头像，若有所思。

这时，窗外一阵骚动，少年透过窗户向外看去，原来是爱仁科技总公司的超豪华私人飞艇从远处驶来，后面跟着浩浩荡荡的卫队和战斗机为之保驾护航，一看就知道是什么大人物亲临工厂了。

少年眼前一亮，回头问厂长妹妹："以你哥的级别是不是有重大问题可以直接向总公司汇报？"

厂长妹妹不明就里地点了点头："应该可以吧……"

少年大喜，一拍脑门，说道："对呀！这是仁伯公司旗下的工厂，仁伯又是我爸的战友，那么大的老板，不可能见死不救呀！我去让厂长哥帮我传个话，我们直接去求仁伯呀！妈，你怎么这么笨！哈哈！"

说完，不等母亲反应，少年风一样跃出房门，飞奔着去找厂长，只冲厂长妹妹留下一句："照顾好我妈，我很快就回来！"少年一溜烟地跑出好远之后，病房内才微弱地传来了母亲试图阻止他的声音。

工厂院内，超豪华私人飞艇直接悬停在黑人厂长的办公楼楼顶，少女在安保机器人的严密保护下走下飞艇。黑人厂长早已在楼顶天台躬身相迎："大小姐如此着急前来，一定有什么要事。外面风沙大，我们到办公室里说吧。"

少女示意安保机器人留守，自己则在黑人厂长的带领下，独自来到办公室。厂长办公室里摆满了各式各样俊男美女仿生机器人样品，惟妙惟肖，与真人无异，办公桌上堆放着一米多高的财务报表和出货单。

少女往角落里的沙发上一坐，面无表情，高冷地开门见山：“帮我找两个人。”

黑人厂长诚惶诚恐：“找什么人，您吩咐！”

少女犹豫了一下，嘴角微微上扬，神秘兮兮地说：“一个有手环通信器的劳工。”

这可吓得黑人厂长忍不住多问了一句：“您找他做什么？”

少女不怒自威：“轮不到你问，你认识他？”

黑人厂长连忙打岔：“不敢不敢，那，那另一个人呢？”

少女轻触耳环，耳环随即投射出小秃鹫视角偷拍的少年照片。

黑人厂长心里咯噔一下，他认为少年肯定因为用手环瞎拍工厂照片被误认为是泄密者了，这在“宁可错杀一千，不可放过一人”的战争年代恐怕是凶多吉少了。他表面上故作镇静，一脸打算认真对待的表情，还煞有介事地假装挂通内线电话，让劳工主管和宿舍领导搜查一个身上有手环通信器的劳工和另一个脚踩磁悬浮滑板去医院病房的少年。

看着黑人厂长在忙活，少女忍不住拿起手环给她的“虚拟网友”，也就是少年，发了信息：“我到沙漠了，你在哪儿？”

黑人厂长看准时机，趁少女不注意，也冒死偷偷地给少年发了两个字的消息：“快跑！”

已经来到黑人厂长办公楼楼下的少年同时收到了少女和黑人厂长的手环信息，少年以为厂长妹妹给她哥哥打了招呼，所以黑人厂长才催促自己跑快一点，少年随手回复了一个字：“好”。

接着，少年又认认真真地给他的“虚拟好友”，也就是少女，回复了信息：“我正在处理一件大事，如果顺利的话，我甚至可能会去大都市，你等我，我很快处理好！”

之后，少年三步并作两步跑进了办公楼，看电梯被安保机器人严格把守着，容不得多想，他直接溜小道绕开安保机器人，爬上了维修管道的手扶梯。

黑人厂长正在绞尽脑汁跟少女拖延时间：“厂里劳工太多了，一时半晌可能没有结果，要不您下发个告示，我们找到人给您送过去，您看行吗？别耽误您时间。”

少女正开心地看手环上的信息，随口回复：“这事需秘密进行，我可以等。”

可黑人厂长还是支支吾吾，左右推诿，这让聪明的少女察觉出了异样。她立刻面露警惕之色，与生俱来的冷艳霸蛮气场全开：“他是艾生博士的儿子，我只给你一分钟，找不到照片上的这个人，我炸平你这栋楼，然后自己找！”

黑人厂长被这霸气的威胁吓得脚一软，瘫坐在椅子上，心里想着这下可摊上事了。正寻思着，少年帅气地从通风管道破门而入，吓得黑人厂长一哆嗦，目瞪口呆，脱口而出三个字：“够义气！”

少年却迫不及待，直言不讳：“厂长哥，咱们要发财了！你知道我是谁吗？爱仁科技集团的总裁仁伯你知道吧！那是我叔！我就是艾生博士的儿子！”

黑人厂长吓得脸色铁青，一直给少年使眼色。少年却只顾自己表达，完全没有注意厂长的异样："厂长哥，咱布个局，你帮忙引见我和仁伯认识一下！我妈病了，我急需找他帮忙。事成之后，我给你养老！"

黑人厂长使劲冲着少年身后的沙发挤眼暗示，一副生无可恋的样子："唉，你已经快给我送终了。"

少年这才发现身后的沙发上坐着一个冷艳美女，而少女此刻也被两人的一顿"神操作"搞得云里雾里，一言不发地看着少年。

少年却大喊一声："哇哦！这……这个做得好逼真哪！咱厂新出的？这可比上一款萝莉机器人好多了……真不赖，连我都有点心动了。"

黑人厂长绝望地闭上了眼睛。

少年误把少女认成了新款仿生机器人。看黑人厂长不理自己，一边嬉皮笑脸，一边竟上手去抠少女的嘴："咦，发声开关在哪儿，也是舌头下面吗？"

黑人厂长办公室外面的楼道里，机器人秘书已经发现了潜入的少年，她带领着十几个武装机器人齐刷刷地围在门口，正想破门时，却听见办公室里传来一阵抽打嘴巴的清脆响声。紧接着，是少年因遭到电击而发出的鬼哭狼嚎般的惨叫声。最后，是少年昏迷后重重摔倒在地的一记闷响。

机器人秘书赶紧带领机器人安保进去收拾残局，抬走了少年，少女也玉眉微锁，甩袖而去，只留下黑人厂长吓得缩在一旁，半天不敢作声。

当少年再睁眼时，发现自己已经躺在舒适整洁的高档休息舱内，穿着洁白的高科技贴身衣，浑身上下散发着香气，头发也被修剪得整洁美观，皮肤倍感湿润清透。他警觉地摸了摸自己全身，确认完好无损，又四处寻找开启休息舱门的开关，神情动作像极了被抓回来的野猴子。

正找不到门路时，休息舱门自动开启了，少年这才发现自己被带到了龙形洲际飞船的龙头中控大厅内，卫星导航显示屏显示目的地是南极大陆，五大雇佣军首领在旁边的茶歇室谈笑风生，机器人秘书正在将自己的衣物进行杀菌消毒处理。少女则在远处的训练室盯着手环发呆。她身穿运动服，脖子上搭着毛巾，像是刚刚完成格斗训练，四周横七竖八平躺着十多个陪练机器人武师，一个个被揍得断腿又漏电。

仁伯也刚刚做完一套养生瑜伽，气色渐好。见少年醒来，他坐着磁悬浮轮椅从瑜伽室缓缓飘来。看了看脸上还有粉红色巴掌印的少年，仁伯瞪了坐在远处的少女一眼："不好意思，我女儿任性，出手重了些。你母亲的事我听说了，失联这么久是我的责任，我已经让厂长为她安排做最好的手术，你暂且放心。"

机器人秘书投射出一段投影，投影中，黑人厂长正在安排为少年母亲做换肺手术。

少年看了欣喜不已，感激涕零。思绪稳定下来之后，他认出了自己面前的人就是仁伯，秒变迷弟，激动得说不出话来。

仁伯丝毫没有架子，见状又亲切和蔼地靠了过来，抚摸着少年的后脑勺，几乎和少年额头贴着额头："十七年了，碍于你父亲的敏感身份，我始终没有契机和你们母子相认。"

仁伯又低声耳语："其实，这些年我也只是资本的傀儡，一言一行都被监控着，也在寻找时机摆脱束缚。"少年感动地点了点头，眼神由崇拜变成了依靠。

机器人秘书递给少年一份详细的资料，言简意赅地说："现在，我们也有一事相求，我们在南极发现了疑似你父亲的踪迹……敌友未知，但若你父亲真的对人类有威胁，我们希望你可以协助我们说服他，这样不仅帮了他，也可以救你母亲。"

仁伯补充道："若你父亲的意识移植技术真的成功了，那也将是全人类的福音，包括你母亲。"

少年连忙点头："您是我的偶像，又是我的亲人和恩人！您放心！无论谁的父亲，做错事都要承担！"

仁伯点了点头："那就好，那就好。"

这时，五大雇佣军首领走了过来，二男二女四位首领走在两侧，因为戴了脸膜，一个比一个脸庞俊美，而走在中央的雇佣兵总首领，也就是曾经调戏少女的伪憨厚男，此刻又换上了颇为忠义憨厚的脸膜，他的身材健硕，言语间也处处表露出济世救国的情怀，只是眼神依旧神秘莫测，气质阴森。

雇佣兵总首领拍了拍少年的肩膀，语重心长地说："孩子，大丈夫要心系天下，生而为人当顶天立地，爱恨离别这些私人情感，不能凌驾于全人类的安危之上，懂吗？"

少年若有所思："懂！我父亲，不，是艾生博士，他毁了我和母亲的一生，我不爱他，但也不恨他，我只是有好多问题想问他！"

总首领笑了笑："孺子可教也！你还有什么要求吗？"

少年指了指机器人秘书手里的衣物："我能穿回我自己的衣服吗？"

所有人哈哈大笑，机器人秘书识趣地将衣物归还少年，少年自顾自地左翻右翻，找到了自己的通信手环，将它戴在手上。

仁伯看了下时间，命令机器人秘书打开身后的龙身运兵舱闸门。运兵舱内是黑压压一片整齐划一的战争用武装机器人和人类雇佣兵军团，他们大概也都知道此行的目的和意义，所以个个精神抖擞，摩拳擦掌，志在必得。

雇佣兵总首领上前一步，做战前动员："战火连年不断，生态环境崩坏，地外探索无望！世界千疮百孔！生而为人，我们有太多的遗憾，时光不能倒退，错误不能重来，美好稍纵即逝，苦痛如影相随。"

仁伯继续补充："生而为人，我们有太多束缚，饿了要吃，渴了要喝，冷了要穿，热了要脱。若是倒霉，一个细菌即可取你性命。"

雇佣兵总首领说："生老病死，欲求不得，爱恨离别！曾几何时，我们都想过放弃这卑微而又短暂的生命！可如今，我们面临着人类新的威胁，但同时也是新的希望！"

其余四位副首领见状，齐声振臂高呼："为了我们的未来！服从命令！精诚团结！"

底下的一众雇佣兵立刻齐刷刷地打了个立正，异口同声道："服从命令！精诚团结！"

喊完口号，五大首领像超级英雄一般穿戴上各自的特制战服，调好脖子上的同声传译装置，整装待发。仁伯则穿上了特制的纳米防护战衣，同时按动按钮，磁悬浮轮椅立刻弹出雪地专用滚轮和防弹盾牌，以及武装支架，俨然一个移动的小堡垒。少女也穿戴好了自己的特制修身战斗服，英姿飒爽地走来，性感又不失优雅。

她对少年明显余气未消，用鄙视的目光瞟了少年一眼，不情不愿地扔给他一套武装防护制服。这些雇佣兵都经过专业的肌肉增强训练，身材清一色高大魁梧。少年瘦弱的身材搭配非特制尺寸的标准版武装防护制服，肥肥大大，松松垮垮，窘态尽显。

雇佣兵总首领见状走了过来，亲手为少年整理制服，并为他在内衣领口佩戴了雇佣兵专属徽章。他严肃地给少年打气："我们只有三天时间找你父亲，若没有好结果，南极便会被视为敌对方而被夷为平地，你母亲的手术也会受影响，所以，从现在开始，忘掉你所有的过去，收起你所有的懦弱，你是一个军人了！你懂我的意思吗？"

少年回想起母亲艰难呼吸的神情，眼神慢慢变得坚定起来，他调正了徽章，对总首领点了点头。

这时，智能语音提示飞船即将抵达终点。一阵急促的下降、悬停和颠簸，舱内四周亮起了即将着陆的提示灯。

在一阵明显的液压降落杆与地面接触的震感过后，龙形洲际飞船平稳降落，其他运载坦克装甲的蝠形运输机群和鹤形轰炸机也悉数抵达，螺旋桨和发动机的轰鸣声此起彼伏，振奋人心。

主舱门缓慢地打开，一片刺眼的白色映入眼帘。紧接着，刺骨的寒风带着冰碴儿和雪花被吸进舱内，像醉酒画家手里的自喷漆，瞬间把舱内的一切胡乱"溅白"。大家离开飞船，全副武装行进在茫茫白雪之中。

少年在一众高大威猛的战士群中显得弱不禁风，格格不入，身材比例完美的少女和两位健硕的女雇佣兵副首领也都比他高出半头。略显自卑的少年默默地踮起了脚尖，这让他走在雪地里一瘸一拐的，更显得滑稽可笑。

由于雷达屏蔽导致龙形飞船无法继续向前行驶，使得大家从北向南走了和无人机完全不同的路线，先遣部队手持各种精密的探测仪器，很快便找到了另一片伪装成悬崖的全息影像，绵延数公里的全息投影居然找不到接缝痕迹，令众人不由得感叹。莫说是卫星监控，就算是近在咫尺，也无法分辨“悬崖”的真假。

雇佣兵总首领命令全军出击。不料，所有装甲坦克和武装设备在接近全息影像后全部失去动力，导航雷达无线电全部失灵，任凭驾驶员如何重启，都一动不动，仿佛废铁一堆。

有经验的仁伯喊了一句：“不用试了，这里应该是设置了自动感应防卫干扰系统，我们都大意了。”

雇佣兵总首领联系公司：“火速派遣最顶级的检修团队过来。”接着，他思考了一下，继续发号施令：“所有雇佣兵机动部队和坦克装甲飞船原地待命，雇佣兵步兵敢死队，跟我走！”

雇佣兵总首领随手向“悬崖”内扔了个探测包，果然听见了踏实落地的声音。众人这才放心地依次走进“悬崖”。

少年也跟着仁伯和少女走了进去。通过令人眩晕、刺眼的全息影像投射区之后，他睁开了双眼。眼前的景象令他震撼不已：竖立在众人面前的界门是一座巨大的钢铁机甲莲花，巍峨壮丽。

仔细看去，钢铁机甲莲花的花瓣竟是由一艘艘竖立的巨型航母改造而成，来自多个国家和地区的航母都饱经沧桑磨难和战火的洗礼，在这里，经过艺术的再加工和机械的重组焊接，变成了一片片巨型的机甲莲瓣，在彩色晕光灯的装点照耀下更加绚丽夺目，宛如天降神花。航母机甲花瓣从左到右按秩序排列，一眼望不到边际。

而中间的五“瓣”航母最为巨大和突出，那是人类生产的最后一批航空母舰，近千米的高度和全方位作战系统代表着人类旧战争时代的巅峰，它们的退役也代表着机器人战争时代的开始。五“瓣”主航母呈破冰而出的姿势，底部各有一个入口，五个入口的大门上方分别用甲骨文写着“仁、义、礼、智、信”五个大字。

在中心，最大的那艘巨无霸航母的船头顶部，雕刻着四个中文大字——**机乐世界**。

机器人族长

白脸机器人

第三章

机乐世界

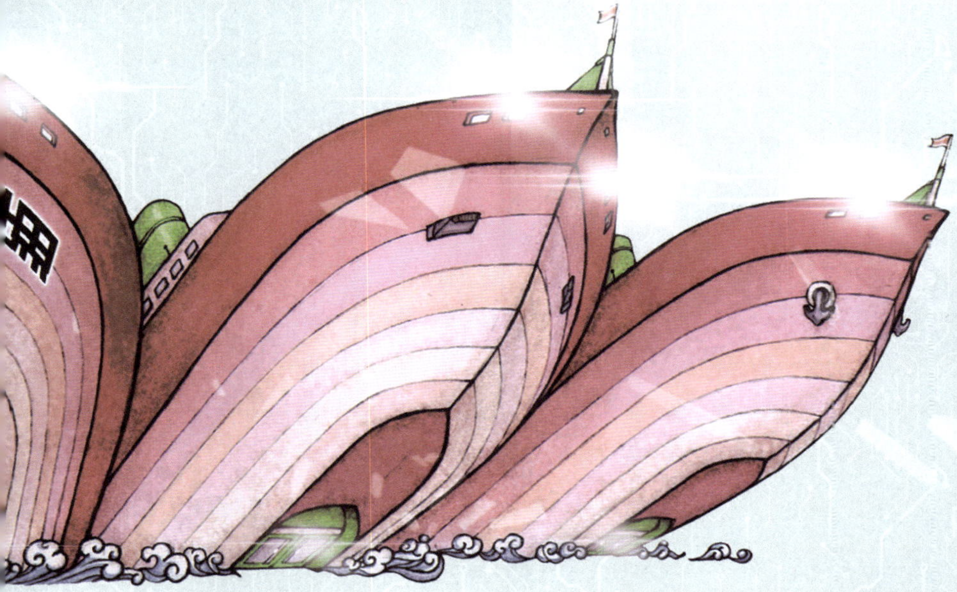

第一节

儒

雇佣兵总首领私信命令汤姆副首领在原地等待，好接应外面的机动部队，并研讨和布置了各种战术指令，随时准备攻城。接着，雇佣兵总首领和三位副首领率队，保护着少年、少女和仁伯，走向航母机甲莲花的大门入口。

出人意料的是，门口既没有防卫系统，也没有安保机器人，就像一个免费的人民公园入口。众人进门后，穿过了航母内部长长的桥状连廊，正式进入了奇异梦幻的冰雪机甲世界。

大家继续前行，发现地面上开始零星出现一些废旧的齿轮零件，紧接着，又出现了电视机、电冰箱等废弃旧家电之类的工业垃圾。越往前走，这些工业零件和废弃品就越来越多，越来越密集，渐渐地，组成了一个个“小山包”。“小山包”连绵不断，居然形成了机器丘陵地带。

一座由老式装甲车和坦克叠罗汉组成的牌楼上，挂着一个巨型洲际核导弹的弹壳，上面雕刻着三个大字——人需国。

各个年代的汽车、飞机、轮船等人类报废工业产品被随机随意地焊接到一起，组成一座座大大小小奇形怪状的机器山丘和机器怪石，无声地述说着人类沧桑的工业历史。

大家走进了一片机器巨石“石林”，听到了从远处隐隐传来的炮火声和钢铁碰撞声，似乎有什么地方正在发生战斗。众人开启了各自佩戴

的隐形眼镜的望远功能，看到远处有两队机器人“原住民”正在武装对垒。其中，一个巨型红脸绿身机器人的战斗力格外突出，身形很像爱仁科技的第一代武装机器人。红脸机器人有条不紊地依次击破敌方主将，挥舞着巨型机甲长刀大杀四方，颇有关公风采。总首领回头问四位副首领：“你们怎么看？”

漂亮的塞隆女副首领撩起长发，首先发言：“他们大部分都是爱仁科技制造的，两方势力中的一方是为服务大众日常生活的民用机器人一族，另一方则是为战争、国防而生产的军用机器人一族。

雇佣兵总首领自信睿智地说：“他们报废后被回收到这里，应该是被I升级改造了，从而有了自主意识，因出产属性不同而分帮结派。”

代表民用族的红脸机器人很快摧毁了敌方的核心战斗力，军用族四散溃逃而去，其他民用族机器人在另一个机器人兵长的带领下乘胜追击。那个红脸机器人感觉大局已定，便默默撤出战局，难掩沧桑地低调远去。远处，追击的枪火声也逐渐停息，貌似冲突彻底结束了。

雇佣兵总首领示意众人躲到附近一块陡峭的机器巨石下藏身。皮特副首领点了一支名贵的古董香烟：“他们好像分出胜负了。要不要我过去看看？”雇佣兵总首领深思熟虑了一下，说：“再等等，不要打草惊蛇。”

众人皆商议对策，严阵以待，少年却因没有隐形望远眼镜而干着急。他使劲儿踮着脚也看不到任何东西。身旁的少女见状，嘲讽地对他翻了个白眼。

突然，少年惊喜地发现，就在自己身边，有一个老式单筒望远镜卡在一块机器巨石的石缝里。他好奇地拔了一下，没有拔出来，身旁的少女看见他的狼狈相，面露鄙夷地转过身去。

少年自尊心骤起，干脆撸起袖子，使出“洪荒之力”。他手脚并用，憋得满脸通红，终于从石缝里拔出了望远镜。可倒霉的是，望远镜内侧的镜片已经碎掉，无法使用。更倒霉的是，上大下小，且头重脚轻的异形机器巨石在被拔出望远镜之后，因为少了中点支撑而重心偏移，崩开了一个焊接点，进而导致其他焊接点也逐个崩裂。就这样，由无数工业品组成的机器巨石顷刻倒塌，又砸倒了旁边更高、更大的机器巨石。

结果，连绵的机器巨石石林像多米诺骨牌一样接连崩塌。本来完美隐蔽于机器石林之内的众人，瞬间尴尬地暴露在旷野之上。

四周正在打扫战场的民用族机器人士兵们闻声聚拢过来，他们身上穿戴着由各种人类民用工业产品改装而成的外壳，内部结构型号基本一致，彼此交头接耳，行为举止类似古代部落的土著。

人类雇佣兵没有做任何准备，慌乱举枪，场面狼狈不堪。仁伯赶忙压低声音对众人交代：“不要开火，我们的重武器都在外面……”

朱莉女副首领和雇佣兵总首领交换了眼神，她深吸一口气，将自己全息换装成美式性感女机器人的装扮，魅力爆棚地向为首的机器人兵长走去。

仁伯等人紧握枪支等武器严阵以待，远处，朱莉副首领尽展女性魅力地与机器人兵长沟通，身后一众机器人民兵却满脸木讷，表情严肃。

少女气鼓鼓地瞪着手足无措的少年，少年也知道自己闯了祸，担心朱莉副首领的安危，小声嘀咕：“不行吧，机器人，又不真的是人。”

突然，机器人兵长猛地将朱莉副首领高高举起，吓得仁伯、总首领等人连忙举枪后退。举着朱莉副首领的机器人兵长却大声高呼："My goddess！"其他机器人士兵也呼啦啦一拥而上，将仁伯等一众人全部高高举起："My god！ My goddess！"

众人受宠若惊。很显然，在这些机器人的意识设定，将人类奉为了造物主和神明。

机器人民兵热情高涨，一人一个高举着众人，一路奔袭，来到了一座用飞机、汽车、火车等近现代废旧工业品组成的机器皇城建筑群。

夜幕降临，凯旋的机器人民兵兴奋地对着天空放枪庆祝，朱莉副首领坐在机器人兵长肩膀上，机器人民兵和人类雇佣兵席地而坐，分享庆功宴。

这里的机器人原住民都是爱仁科技集团生产的，他们的机械原理和尺寸规格基本一致，他们学习人类，像穿换衣服一样通过身体各部位的磁石吸盘吸附形状各异的金属零件当作衣服和盔甲。他们将汽车、飞机、轮船，甚至冰箱、彩电的钢铁外壳切割、裁剪，并缝焊、重组，然后把它们像衣服一样穿在身上。他们大碗喝着汽油制的"啤酒"，柴油制的"白酒"，润滑油制的"饮料"；大口吃着各类锂电池"套餐"；抽着排气筒做的"烟袋"；放着电视剧《三国演义》主题曲。他们推杯换盏，宛如侠客好汉。

这时，一个身穿老火车头铁皮外壳、外形酷似孔子的机器人族长缓缓走出。他将自己的"同声传译"音频调到中文，兴奋地对着仁伯和五位首领行了拱手礼："有朋自远方来，不亦乐乎！"

换上了吉普车外壳的机器人兵长也上前说道："我们崇拜人类文明，

甚至按照人类的美学风格来打扮自己。如今，我们终于迎来了造物主的亲临！恳请赐予我们和平与安宁！”

少女默默苦笑，小声嘀咕：“你要的安宁，我们也没有哇！”

见雇佣兵总首领自顾自地盘算着，避而不答，仁伯接过话茬：“我们只不过是制造了你们的躯体，其实，我们这次来的目的正是要找到你们自主意识的创造者，他才是解决问题的源头，不知可否提供些线索？”

机器人族长不假思索地如实回答：“我们在这里醒来之后，大脑一片空白，只有记忆库中残存些过去的录像画面，我们浑浑噩噩的，也不记得是哪一天，我们收到了一串加密代码，突然感受到了一种从未有过的温暖与幸福的喜悦，紧接着，是一种空洞无助的悲伤，再之后，是更多五味杂陈的感受。从那以后，我们见到同一类型型号的机器人就会感到亲切，遇到不同公司的机器人来捡拾我们的配件就会感到愤怒，加入汽油后，我们会感到浑身充满能量，看见其他机器人身上涂有漂亮的油漆就会很羡慕，甚至还会忌妒。”

机器人兵长接着说：“我们按照人类留下的资料信息构建了我们共同的家园，我们这里所有的一切都是供人类生活所需的工业产品，所以我们叫它‘人需国’。”

机器人族长说：“可是慢慢地，我们意识到资源是有限的，同一型号或同一公司的机器人因为可以互换零件和共用能源插件而渐渐聚到了一起，形成了利益共同体。其他公司出品的，则被视为抢夺资源的敌人。我们按性质分为民用和军用两大部族，随着供需的不同和重叠，部族之间出现了抢夺能源和资源的冲突，也开启了我们持续多年的战争。”

少女忍不住插嘴：“那这么久了，你们也没想过走出去看看？别处也许有更好的资源聚集地呢！”

机器人兵长无奈地摊了摊手：“我们的燃料储备有限，如果不能团结一致，就无法保障蓄能充足。我们也曾派遣勇士去探索新大陆，可是至今还没有谁回来过。”

机器人族长说：“而且我们疲于应对每日每夜从未间歇的战斗，没有机会离开。传说，向南走有更神秘的世界，你们要找的人也许在那里。”

机器人兵长说：“我们想学习做人，听说做了人，就能控制住自己的思想而不去争斗了。”

少女又不解地问：“可你们已经有了自主意识，可以商议决定不再争斗哇。”

机器人族长听后苦恼不已：“其实，我们也不想争斗，可军用族从诞生起，其生存的意义就是争斗，他们的系统也都是人类设定好的战斗程序。虽然有了自我意识，也还是控制不住原始的习性，因此，我们只能被动防御。幸好我们一直有战神机器人的帮忙，这样每次才能化险为夷。”

机器人兵长说：“据说人类也会因不同的种族和信仰而产生矛盾，军用族的石油派主张自主开矿冶炼，我们民用族的新能源派却主张普及太阳能电池板。在人类大量生产仿生机器人后，我们这种旧型号机器人的资源也越来越紧张。”机器人兵长边说边伤感地举起了茅台酒瓶形状的柴油桶，一饮而尽。

众机器人民兵也开始你一言我一语：“太阳能方案根本不行！那点

动力只允许我们用最轻的钢板。”

“是呀，钢板那么薄，打起仗来一拳就飞了！”

“可太阳能充电还是有未来呀，我们的汽油储备可是越来越少了！”

“我觉得最大的威胁还是军用族，这次要是没有‘红脸’我们就全完了！”

“我甚至怀疑今晚他们就会反扑，听说‘白脸’又被升级了。”

“那倒不能，他们应该比我们更需要休整。”

“还是小心点为妙。”

仁伯和大家一起谈天说地，雇佣兵总首领却一言不发，他发私信指挥外围机动部队的实时调度，插不上话的少年尴尬地挤坐在彪形大汉和魁硕的机器人中间，毫无存在感。他被厚重的制服压得喘不过气来，于是识趣地退出“酒席”，远离了人群。他假装观赏城内的奇妙机器景观，来到了一座由各年代大卡车组成的机甲拱桥后面，脱下了又重又不合身的战斗制服。

少年如释重负地把战斗制服丢在桥洞内，却不小心惊动了一个隐藏在桥洞暗处独自酗“酒”的机器人，正是刚刚在战场上大杀四方、神似关公的那个红脸战神机器人。

红脸机器人将柴油和汽油混着喝，醉醺醺、迷迷糊糊，却又意味深长地说：“这就对喽，放下旧衣服，才能接受新皮囊！”

少年脑海中突然闪回沙漠工厂医疗中心穹顶第一个广告牌上的全息海报，海报上的剪影好像正是眼前的红脸机器人，少年试探性地询问：“您好，我叫 A，我们是来找艾生博士的。”

听闻艾生博士的名字，红脸机器人瞬间酒醒了一半，他睁开眼睛：“找他干什么？你是他什么人？”

少年吓了一跳，战战兢兢地说：“他，他是我爸爸。”

红脸机器人一惊，沉默着并打量了少年许久，“酒”也似乎全醒了。他从暗影中站立出来，硕大的身躯令他看起来不怒自威：“你跟我来！”

少年正在愣神，脸上还挂着几分犹豫，红脸机器人却精神抖擞，拎起他，顺着机甲拱桥往外就走。远处的仁伯看见少年被抓走，警觉的他想跟过去看看究竟，不料却被机器人族长笑呵呵地拦住：“不要紧的，那是我们的战神，我们都叫他‘红脸’，是你们人类发明的最伟大的机甲杀器，战场上无人能敌，我们能和军用族对抗到今天，全凭他的一己之力，但他只要关闭了战斗模式，性格就憨厚得很。”

这时，机器人兵长说：“大家本来都推举他当首领，他却死活不愿意，我们不用理他，继续共商做人大计！”

仁伯只好坐下来继续当陪聊，但他对坐在身后的少女使了个眼色，少女心领神会地悄悄退下，朝着红脸机器人和少年背影的方向追了过去。

机甲拱桥直通机甲皇城城门外，红脸机器人带着少年来到桥尾一辆老式绿皮卡车的车槽后面。少女也尾随而来，躲在角落暗中观察。敏感的她隐隐觉察远处的机器山丘后面有些异动，但由于注意力都在红脸机器人和少年身上，她并未在意。

红脸机器人放下少年，十分认真地问：“你真的是艾生博士的儿子？”

少年有些激动：“是！你认识我爸爸？他在哪？”

红脸机器人扫描了少年的相貌基因特征，确认与艾生博士匹配后，神情流露出些许的沧桑，他关闭了自己的战斗模式，打开额头的上盖，开启了“全息投影”的回忆模式。

投出的录像一幕一幕播放着当年的画面：年轻的艾生博士怀里抱着还是婴儿的少年，满脸都是宠爱。躺在旁边床上的，除了少年的母亲，还有另一个与婴儿相貌几乎一模一样的婴儿仿生机器人，周围的气氛既温馨又诡异。

红脸机器人说：“我这身躯是艾生博士创造的第一个拥有自主意识的杀戮机器人，也是意识移植技术的起源。”他停顿了一下，“而现在在我大脑里的却是一个濒死科学家的意识，我就是……”

“砰！”

红脸机器人的话刚说到一半，突然，从机器山丘后面射出一颗军用族特制的激光穿甲弹，精准命中了已关闭战斗模式的红脸机器人的太阳穴。毫无防备的红脸机器人主记忆芯片受损，他应声倒地，在倒下的最后一刻，下意识地用身躯护住了少年。紧接着，各种型号的子弹和炮弹如暴雨般地从机器山丘后面倾盆袭来，向机甲皇城全面发起了进攻。少女急忙找掩体躲藏起来。

机甲皇城里的人来不及反应，全都乱作一团。军用族机器人兵团趁势从机器山丘后面呼啸着冲出，杀进了皇城。

民用族机器人族长紧急呼叫红脸机器人未果，立即预感不妙，连忙将仁伯、雇佣兵总首领等人类领袖藏在一个用地铁车厢改造的半地下防空洞中，并指挥机器人兵长临时整队，紧急迎战。但没有红脸机器人坐镇，群龙无首的民用族机器人士兵们疲于应对八方来敌，一时间，场面天昏地暗。一颗颗导弹乘虚而入，宏伟的机甲宫殿瞬间被夷为平地。

一团黑灰色的浓烟中，军用族机器人首领被一众机器人士兵簇拥着幽幽现身，他竟是一个身披坦克外壳战衣的白脸机器人军阀。从结构来看，应该和红脸机器人是同款，只是体型更大，外挂武器和折叠关节也更多。

白脸机器人的外壳由人类“二战”时期的虎式重型坦克组成，双目放着红光，腿上的履带铰链咔咔作响，手中的粒子炮大杀四方，简直是天生的杀戮机器。一出场，便拧断了一个民用族机器人士兵的脖子。

一队身穿精良盔甲的民用族机器人士兵敢死队在得到机器人族长的授权后，利剑出鞘，冲出重围，各自施展自己的优势攻击术，勇猛无畏地冲向白脸机器人军阀。白脸机器人军阀一拳一个，揍得他们零件乱飞，机油四溅。

“你们的死期到了！！！”白脸机器人军阀怒吼一声，越战越勇，直打得前来进攻的对手丢盔弃甲。

见形势急转直下，机器人族长只好脱下机甲长褂亲自上场。他调节好全身的液压杆和轴承位置，身形瞬间挺拔健硕起来。白脸机器人军阀却只是微微冷笑，傲然应战。

经过一番客观冷静的战斗力分析，机器人族长自知毫无胜算。但眼见四周房倒屋塌，同胞尽被围追猎杀，经验老到的机器人族长还是做出了自杀式的攻击计划。因为他知道，只有出其不意地解决掉白脸机器人这个最大的威胁，形势才可能有一丝转机。他料想白脸机器人的死穴大概率在其后颈背肩甲的缝隙中，那是为了增加其双臂臂展和战斗力而不得不做出牺牲的瑕疵。

机器人族长取下自己的帽冠，将它折叠分拆成两支镖形武器。未等白脸机器人军阀看清楚状况，机器人族长就飞快地丢出一支飞镖，同时一个箭步朝他冲过去。

机器飞镖划着诡异的弧线向白脸机器人军阀飞去。它是一个超浓缩无人机炸弹，杀伤力集中且巨大。凭着多年的战斗数据分析，白脸机器人军阀并未硬接，而是灵敏地躲开了。

飞镖擦着他的胸膛飞过，击中了后面的高塔，钢板制成的高塔竟瞬间被炸毁。

“就这？”白脸机器人军阀不以为然地冷笑道。

但已经悄然来到白脸机器人军阀附近的机器人族长不为所动，他又笃定地丢出了第二支机器飞镖。

虽然这次距离更近，但白脸机器人军阀一个极限闪转，靠着强劲的腰部液压关节还是轻松地避开了它。

白脸机器人军阀两次破解必杀技，狂傲地回过身，正想摆个姿势炫耀一下，却发现机器人族长竟然来到了自己面前，用近乎自杀的姿势把他的双腿锁住，却也将自己最脆弱的咽喉暴露。白脸机器人毫不留情地顺势用蛮力掐住了机器人族长的咽喉，机器人族长也视死如归地用双手锁住了白脸机器人粗壮的双臂。

两个人的力量明显不在一个水平上，机器人族长支撑不了多长时间，但他露出了神秘而自信的笑容。这让白脸机器人军阀心生疑惑，因为他知道，机器人族长的程序可以精密计算出所有概率，如此自杀式的攻击一定另有隐情。

突然，白脸机器人军阀的电子瞳孔因惊惧而放大，他想到刚刚第一支机器飞镖已经爆炸，而第二支机器飞镖按照时间估算应该也已经爆炸了，却一直没听到声响。原来，机器人族长丢出的第二支飞镖是回旋镖，他真正的目标是白脸机器人军阀的后颈背。

通过肩膀上的后视镜，白脸机器人军阀看见回旋归来的第二支飞镖正朝自己飞过来。接着，轰的一声巨响，回旋镖炸弹正中白脸机器人军阀的后颈背，爆炸的威能震得机甲皇城地动山摇，一团浓烟伴着火光骤然升起。

可令众人咋舌的是，前面仅仅受到爆炸波及的机器人族长已经浑身伤痕累累，可被结结实实地炸了后颈背的白脸机器人军阀居然依旧如铁山一样屹立不倒。

白脸机器人军阀仍然死死掐住机器人族长的咽喉。他浑身蒸腾着热气，后颈背被炸出了一个豁口，护甲片上还挂着噼啪作响的火苗。因为在硬度和厚度上被特殊处理过，护甲片虽被破坏了，里面深处的核心部分却并没有被伤到。片刻之后，白脸机器人军阀体内的主线路就重启完毕，他如死神一样睁开了猩红的双眼。

此刻的他，更加愤怒和狂暴，也充满更猛烈的战斗欲望。面对已经奄奄一息的机器人族长，白脸机器人军阀用绞肉机一般的大手，一点一点地用力，生生捏断了机器人族长咽喉的神经中枢。

临终关机前，机器人族长心有不甘地看向不远处自己的得力干将——机器人兵长，用眼神完成了王位与责任的交接。

机器人兵长接收到了机器人族长的授意，也决定破釜沉舟，最后一搏。他卸下厚重的防护机甲，轻装跳下被炸开了缺口的排污渠，浑身上下瞬间被污烟熏成了灰黑色，和周围的焦土残骸融为一体，形成了保护色。他像忍者一样顺着排污渠悄悄绕到白脸机器人军阀的身后，并悄悄靠近其视线盲点处。

机器人兵长途经仁伯和人类雇佣兵首领们藏身的半地下安全舱，示意大家少安毋躁，继续藏好。朱莉副首领和机器人兵长四目交接，立即清楚了机器人兵长的行动计划。自从有了第一面时的交流，她已经与他心有灵犀，于是她对他点头示意，机器人兵长也暗示她不要声张。朱莉副首领会意地向他做了个加油的动作，他则冷静地潜伏在暗处，缓慢接近白脸机器人军阀，等待着最佳出击时机。

朱莉副首领回头看了看雇佣兵总首领，总首领眼睛滴溜溜地转了一圈，随即从背包里掏出了一个折叠式电子炮，神秘兮兮地递给了朱莉副首领，语气诡异低沉："大局为重，见机行事。"

此时，整体战事已接近尾声，民用族机器人因群龙无首，节节败退，白脸机器人军阀的脚下也满是机器人士兵的尸骸，残垣断壁的机甲皇城四处冒着灰烟，空气中弥漫着汽油和柴油燃烧的味道，和之前的富丽堂皇相比，简直判若两地，不禁让人唏嘘。

白脸机器人军阀慢慢地从战斗的狂暴状态中恢复过来，胜券在握地扫视四周，寻找他想要的"猎物"。仁伯和雇佣兵总首领等人藏在安全舱内，感到“猎物”好像就是他们自己，于是大气也不敢出地注视着外面的形势。

雇佣兵总首领小声安慰众人：“大家不要惊慌，我们的援军马上就到，而且人类对于这些军用族机器人更有利用价值，说不定军用族取胜对我们更有利。”突然，仁伯的通信器不合时宜地响了起来，是少女的来电。仁伯吓得赶忙挂断了，可还是被白脸机器人军阀警觉地听到了，高效电子眼顺着声音的方向，立刻发现了仁伯等人藏匿的半地下安全舱，白脸机器人军阀像个发现宝藏的海盗一般，兴奋地走向安全舱。

仁伯和雇佣兵总首领等人一时愣住，不知是福是祸，朱莉副首领也本能地举起了超能电子炮。而同时，白脸机器人军阀却也走进了埋伏多时的机器人兵长的攻击范围。

为了给仁伯和朱莉副首领等人解围，机器人兵长决定冒险出击。他看准时机，从埋伏处向可以看到自己的四周掷出烟雾弹，避免其他机器人兵卒的干扰和支援。紧接着，机器人兵长一个反重力弹跳，从埋伏处惊世而出。只见他紧握机甲银枪，高高跃起，对着白脸机器人军阀的后颈背薄弱处缺口，使出了雷霆万钧的必杀一击。

“砰！”

“轰……”

两声巨响响彻云霄，紧接着是机甲零件四散落地的声音。

尘烟散去，只见白脸机器人军阀双手护头做着防御姿势，以为自己中弹的他惊恐地检查自己的身体，却发现自己安然无恙。反而是机器人兵长匍匐在地，由于电压不稳而抽搐不止。他的心口处中了致命一炮，中控神经系统被打穿了，身上因没有了护甲的保护，零件被震得七零八落，惨不忍睹。他用惊诧的眼神，看向打伤自己的炮弹射来的方向——原来竟是朱莉副首领用电子炮对机器人兵长下的杀手。电子炮的炮口处还冒着热腾腾的氢烟。在朱莉副首领身后，雇佣兵总首领正对着白脸机器人军阀行着军礼，满脸堆笑和示好，旁边的仁伯神情复杂，若有所思。

白脸机器人军阀也很错愕和不解，但经过数据分析和利弊权衡，他很快心领神会地冲朱莉副首领和雇佣兵总首领等人举起了大拇指，邪魅一笑，点头致意。白脸机器人军阀拔起歪插在地上的机甲银枪，将这个差点置他于死地的武器狠狠地插入了机器人兵长的咽喉。机器人兵长万分痛苦地看向朱莉副首领等人类，他万万没有想到，终结自己生命的居然是自己拼尽全力去守护的“神”。他不知道自己错在哪里，电子瞳孔中充满了不甘和委屈，用近乎变形的声音挤出了几个字：“我，不想……做人了……”

白脸机器人军阀觉得还不够解气，举起手臂上的大炮，泄愤一样将机器人兵长轰了个粉碎。民用族其他机器人士兵见族长和兵长双亡，败局已定，也无力再战，纷纷缴械投降。一颗人造月亮慢慢升起，冷漠地悬在空中，散发着清冷的光辉。

军用族机器人士兵们开始扎营驻军，并运来军舰、大炮、飞机、坦克等军工废弃产品作为原材料，焊接、建造新的独裁样式的机甲帝国建筑，工程浩大，气势磅礴。在关键时刻叛投的人类被请出安全舱，雇佣兵总首领带着朱莉副首领以胜利者的骄傲姿态，昂首阔步地走向白脸机器人军阀。因为雇佣兵总首领知道，这些军用族机器人的原始程序设定中，有严格的敌我界定标准，对于危急时刻解救自己的“援军”，必须以上级贵宾礼遇相待。

果然，凶狠无比的白脸机器人军阀居然对着雇佣兵总首领谦卑地微微弯腰，示意周围机器人兵卒将雇佣兵总首领等人类继续奉为上宾，并邀请他们参加之后的登基大典。

此时的仁伯隐在人群中，偷偷给少女发送了文字简讯：“形势有变，你带着那小子先去探路，必要时可独立完成任务。”少女收到指令后，趁着机器人士兵忙着庆祝胜利，抓住时机从掩体重跃出。几经闪展腾挪，爬进了少年和红脸机器人所在的那辆残破的老绿皮卡车。

只见红脸机器人侧倒在后车槽内，巨大的身躯护住了少年，少年则被战火吓得蜷缩成一团。少女更加鄙视地对他翻了个白眼。

少女用微型切割机将这辆老卡车与机器车桥分离，所幸老卡车零件齐全，只因年久失修而没有动力驱动，少女立刻将蓄能钥匙插入了老卡车为其续油充电。

城外，越来越多的军工设备被运送过来，巨型吊装机器人配合微型焊接机器人在疯狂作业。这些军用特种机器人既是工程设计师又是工具器械，他们手脑并用地边规划边搭建，施工效率堪比变魔术。

很快，原来的机甲皇城就被改造成了机甲宫殿：纪念碑、登基大台、主宫殿、副宫殿、防御围墙等，应有尽有。

两个清理杂物的机器人兵卒在出城倾倒施工垃圾时，注意到了与机器桥体分隔的老卡车，他们立即回城报告，指手画脚，议论纷纷。

少女见老卡车的油量和电量差不多已满，赶紧关上了后车槽的边门，随后一脚油门，载着少年和红脸机器人，驱车离开了这片是非之地。身后的机甲宫殿内热火朝天，之前投降的民用族机器人也换了新盔甲和新程序，变成了军用族的一员。想不到，短短几个小时，就已物是人非，改朝换代。所有人都已经忘了过去，他们忙碌着，准备着新王的登基大典。

第二节

道

少女根据雷达的方位向导，驾驶绿皮老卡车一直向南开。一路上，南极美妙的风光尽显。少女从未见过如此纯净的大自然风光，她半摇开车窗，感受那带着冰碴儿的风轻拂脸颊，不由得心旷神怡。

车开了许久，偶然透过污浊的倒车镜，少女才突然发现和想起了在后车槽内的少年。未穿防护服的少年蜷缩在红脸机器人的身下瑟瑟发抖，脸上淌着鼻涕，身体一动不动，快冻成了冰坨。

少女停下车，脱下外面的一层保暖服递给少年，并让他进入驾驶舱开车，自己则坐在副驾位置上研究起南极大陆的地图和地势结构。

少年慢慢地恢复了热量和体能。在狭小的车舱内，两人都能感受到彼此的气息。少年无意间从后视镜瞥见正认真研究地图的少女，她那完美无瑕的脸部轮廓在车外冰雪反光的映照下，宛如出水芙蓉。这种超出人类认知维度的美，让自认为不在乎男女之情的少年也不敢长时间注视。人生中第一次，少年感受到全身像通了电一般酥麻，但心中又夹杂着一丝无法形容的莫名落寞。

“咣当……咣当……”

老卡车似乎剐蹭到了什么东西，溜号分神的少年和聚精会神的少女都被吓了一跳。两人察看四周，发现地面上开始零星出现一些机器长草，草叶是由金属箔片切割焊制而成的，它们随风摇曳着，碳纤维的草茎内

置灯条，通体发出淡淡的青绿色幽光。远处则是茫茫一片青绿色的机甲丛林，正中间一棵高耸入云的机甲大槐树上赫然写着“逍遥国”三个钢铁霓虹大字。

少年兴奋不已，而从未独自闯荡过的少女在面对着未知世界时却犹豫了起来，是等待仁伯，还是独自探索呢？少女看向少年：“要不，我们就在这里等大部队吧？”

少年却不知从哪儿来的勇气，或许是不想再受雇佣兵们鄙视，或许是不愿中断和少女独自在一起的这种奇妙感觉，他一脚油门，径直开向了机甲丛林，自信又阳光地高声说道：“别怕，我保护你！”

听到如此霸道的回答，少女瞪着少年，感到又好气又好笑，但并未阻拦，只是呛声地说了一句：“哼，等你保护我？不知我要死多少次了！”

卡车驶进了机甲丛林，机器草丛越来越高，几乎遮挡住了视线，少女不耐烦地抱怨：“你知道往哪儿开吗？要不要把后面这位机器人大叔修好问问？”

少年见少女主动和自己说话，突然来了劲儿：“他伤得这么重，修好了怕也是个植物人了，不对，应该是植物机器人，哈哈！”

“看，植物机器人！”少女突然被车外的风景牵住了目光。原来说话间，两人已经驶出了机器草丛，来到了视野相对宽阔的机甲丛林内部，各种奇异的机器植物也映入眼帘。

这些机器植物看起来有的瑰丽炫目，有的俏皮活泼，有的暗藏玄机……它们的机器根茎深入地下，从地下的各种矿石中直接提取并合成石油、电力、天然气、原子能等自身所需的不同种类能量。它们的机器树冠和树干也可以通过风力来发电，有的还自带净化空气的功能，可以将空气中的有害物质分解重组。它们的机器果实也都储存着各种能量，不同的果实有着不同的插接口和打开方式，可以和不同种类机器动物的嘴部插接口匹配，各种大大小小的机器动物在动能不够时，会取下与自己相匹配的机器果实进行蓄能和充电。

少年和少女不由自主地停下车，驻足观看。那是一片美轮美奂的，既犹如梵高油画般绚丽多姿，又似达·芬奇素描般逻辑缜密的“机器大自然”景色。一草一木、一花一鸟都是精密的人工智能，全部采用可再生循环系统，鸟语花香、生生不息。其落花流水、阴晴圆缺都是由真实触感的全维全息投影成像，用可以模拟世间万物的高碳原子投影而成，只不过由于分子结构单一，所以无论投影呈现的是气态、液态，还是固态，触摸起来都是一种类似蒸汽的感觉。这些半虚半实的全维全息投影，配合着真实的南极冰川地貌，其光影交错，动静结合，宛若天堂。中控动力系统智能设定了黑夜、白昼和四季交替，还会随机模拟风雨霜雪、月朗星稀等自然物候。

少年和少女直愣愣地看着，尽管自小就见惯了各种各样的智能机器人，他们还是被眼前的景象所震撼。这时，一只机器小熊猫从他们身边缓缓地爬过，它步履蹒跚，一身磨砂钛合金盔甲圆润又不失霸气。它憨态可掬地拔下地面上几棵散发着嫩绿色光芒的机器竹笋，打开机器竹笋底部的旋转开关，竹笋的不锈钢外皮依次张开，里面是一个类似笋芯的容器，盛满了淡黄色的锂电池溶液，那是机器竹笋从地下天然气和多种矿物元素中综合提炼的高纯度能量电池。

机器小熊猫迫不及待地将几只充电笋芯前端的接口同时插入口腔，淡黄色的电池溶液慢慢地注入它的嘴中。它顿时电力满格，又精神抖擞起来，浑身各部位的指示灯和排风系统同时开启，就像吃饱了打嗝儿一样。它将空瓶的笋芯重新放回原位，机器竹笋的绿色光芒消失，只剩下幽暗的土黄色，“正在充电”的指示灯一闪一闪地亮着。

充满电的机器小熊猫滚到少年和少女面前卖萌耍宝，引得少女忍不住上前抚摸观看。这时，一只机器猛虎从机器灌木丛中蹿出，它通体橘红色珠光烤漆，钛合金钢爪和虎牙上吸附着充电接口。这些机器猛兽也会捕猎机器小动物，但并不是猎杀，而是将这些机器小动物通过多次采集机器植物才积累起来的电能一次性地直接劫取。

但这只机器老虎显然刚刚“吃饱”，它的能量显示满格，对机器小熊猫也并不感兴趣。它亮着眼，踱步向二人走来。少年下意识地把少女挡在身后，却冒冒失失地差点把少女绊倒。

机器老虎注视着他们，止步停顿片刻，随即低吟着闷吼了一声。数只机器大象、机器公牛、机器长颈鹿等各种机器动物闻声赶来，它们也猎奇地止步围观着少年和少女，眼神中充满好奇和疑惑，但看上去并无恶意。

少年和少女尝试上前交流，机器动物们并不躲闪，其中一只机器大象还友好地伸出了机器象鼻子，少年壮了壮胆子，朝它伸出了右手。可即将碰到少年右手的机器象鼻突然像感知到什么危险一样，猛地缩了回去。

少年还在诧异，这时，丛林里传出一阵骚动声，数群机器鸟儿在机器树林中惊飞，地面开始肉眼可见地轰隆隆颤动起来。警觉的机器老虎一跃而起，撒腿奔跑，其他机器动物也都四散奔逃。

机器丛林瞬间寂静得有些诡异，一群机器黑影叽叽咕咕地从旁边的机器灌木丛中蹿出，快速贴地疾行，少年和少女定睛一看，竟是一群机器迅猛龙。紧接着，另一群机器三角龙、机器剑龙和机器腕龙呼啸着冲出，它们笨重而硕大的身躯撞倒了好几棵机器大树，都在拼命奔逃，似乎在躲避什么可怕的天敌。

“嗷吼……”一声重低音混合的吼叫，夹杂着铸钢齿轮咬合发出的巨响，震耳欲聋。

少年预感不妙，拉起少女的手，转身就是一个翻跃，准备躲在刚刚被机器腕龙撞倒在地上的机器树干后面。不料，少年拉着少女时太注重姿势的美观，结果跳得不够高，反被树干绊倒了，连累少女也猝不及防地跌进了树干后面的冰水坑。

少女满身冰水，刚想发脾气，却被少年用手捂住了嘴巴：“嘘……”

“哐……！哐……！”

脚步声已然临近，机甲巨兽近在咫尺。两人不再吭气，透过机器树干下面的缝隙看去，一只巨大的机器霸王龙蒸腾着霜雾，霸气侧漏，冒出丛林。比真实恐龙还凶残百倍的机器霸王龙摩擦着钢牙，脚部的重型液压杆咯吱吱发出承重的排压声，镭射激光眼放出慑人的光晕，凶狠异常。

看见没来得及掩藏的红脸机器人和老卡车，机器霸王龙满脸好奇，旋即凑过来一探究竟。

火车头般巨大的机器霸王龙头颅在少年和少女的不远处摇来晃去，压迫感逼人，少年和少女甚至感受到了从机器霸王龙鼻孔里排出的污浊气浪。他们趴在水坑里屏息凝神，在机器树干的遮挡下一动不动。机器霸王龙不慌不忙地慢慢检索着红脸机器人和卡车，时间仿佛静止凝固。

这时，一只机器小蛤蟆在水坑里悠闲地游啊游，被少年一动不动匍匐着的大屁股挡住了去路。机器小蛤蟆不假思索地嗅了嗅，露出了既嫌弃又好奇的复杂表情。它犹豫了一下，还是张开嘴，露出满口萌萌尖尖的小铁牙，左移右挪找定位置，稳准狠地咬了少年的屁股一口，疼得少年左手捂嘴，右手捂住自己的屁股。感觉很好玩的机器小蛤蟆又游向了少女的屁股，少女禁不住“啊”了一声。

还在咬牙忍痛的少年条件反射地把按住自己屁股的右手又捂在少女嘴上，本来就有洁癖的少女终于忍无可忍，回手给了少年一记响亮的耳光。

这一番折腾，两人彻底暴露在机器霸王龙的视线之内。机器霸王龙眨了眨眼，好奇地观摩着眼前两个陌生生物的怪异举止。接着，它兴奋地张开血盆巨口，咆哮着咬向二人。

少女刚要拔枪开战，却发现武器忘在了卡车上，少年又一次英雄主义气概上头，用力将少女推开，自己勇敢地举起拳头迎向机器霸王龙的巨口。

“你快跑！它吃我还要嚼一会儿！”闭着眼视死如归的少年对少女大喊。

少女被少年的舍命操作弄得不知所措，眼看机器霸王龙的巨口咬下，吓得她闭上了双眼。可伴随着少年持续地大喊大叫，少女又惊愕地睁开并瞪大了眼睛。

只见机器霸王龙俯冲着巨硕身躯，90 度张开的巨口已经把少年全部包裹住，可任凭机器上下颚液压杆怎样努力闭合，它的巨口却像触电一样，就是无法咬合。

貌似机器霸王龙的程序受阻，暂时短路了。少年站在它的嘴下，举着拳头，闭着眼睛一直大喊，身上淋满了机器霸王龙润滑油状的“口水”。

少女来不及多想，迅速将少年扛出“巨口”，扶进老卡车，随后一脚油门，火速逃离。老卡车一路狂奔，驶到了相对安全的距离，少女长舒了一口气。远处的机器霸王龙也慢慢重启，缓过神来。它一脸懵，使劲咬合着下巴泄愤。因四下寻不到少年和少女，气得仰天长啸，让人不寒而栗。

少女看着还闭着眼睛大喊大叫的少年，回想起刚刚的种种情节，越想越不对，索性一脚刹车。她揪住少年的衣领，用力拧了拧少年的脸皮，确认没有用塑形脸膜，干脆一用力，像丢沙包一样将少年丢下车。少年重重地摔在地上，等缓过神来，发现他们已经脱险了，握紧的拳头这才颤巍巍地松开。但刚要咧嘴庆祝，却被少女骑在身上，拳头如梨花暴雨般地猛砸下来：“说！你什么企图！什么套路！”

少年被揍得眼冒金星，无力还击：“别，别打，我，我说……”

少女缓了口气站起来，一脚踩住少年的咽喉：“现在说吧！假装舍命救我什么目的！什么阴谋！”

少年喉咙被踩，感到喘不上气来，只发出了微弱的声音：“我，我说……”

少女自顾自地不依不饶：“不说是吧！好！你没机会说了！”

话音未落，少女又将少年像丢沙包一样丢进了后车槽。她面色微红，嘟着嘴再次发动了卡车。可怜了后车厢里的少年，蹲在红脸机器人身旁，满脸机油口水，还被揍得眼冒金星，默默淌下一行鼻血，一脸懵。

此刻，天空已智能变换为夕阳西下的美景，少女驾驶老卡车爬上了一个漫长的机器山坡。油表显示油量不足，老卡车越行越慢。少女一回身，用半是命令的眼神看着少年。少年识趣地跳下车去后面推车，发现使不上力之后，又跑到前面去拉车。

在夕阳余晖下，少年笨拙的身影搞笑又温馨，引得一只机器小熊猫也过来凑热闹帮忙拉车。紧接着，后面一群机器小熊猫赶了过来，它们叽叽咕咕、圆滚滚地在后面帮忙推车。

就这样，连拉带推，他们终于来到了美丽宁静的机器山顶。天空的景色又智能变换为人造极光，闪烁悸动，迷离梦幻。

机器小熊猫们帮忙把老卡车推到一棵机器柳树下隐藏后，就四散着滚在草坪上用机器竹笋充电去了。少年用长长的机器柳条树枝把红脸机器人遮盖起来，又在机器小熊猫的指引下，摘下了一颗机器西瓜，从中缝打开金属“瓜皮”，里面的鲜红色内胆里居然盛满了汽油。少年赶紧打开老卡车的油箱，给它灌满了油。

少年拿出便携工具箱，开始尝试检修红脸机器人。少女则站在车顶调试着没有信号的通信器，她一直想给仁伯发送位置定位，但信号太弱了。

她对着天空摆弄着信号器，脑海里却不断浮现刚才少年下意识推开和保护自己的画面，久久挥之不去。因为曾有雇佣兵总首领的前车之鉴，她搞不清楚少年的善意举动是真是假，她试图让自己不去想，可连空中的极光在她眼里都变成了少年憨憨的模样。

少女看着旁边傻乎乎哼着小曲儿认真修理红脸机器人的少年，低声嘀咕："如果你是真的傻到想保护我，那我劝你还是省省吧，恐怕你下次就没那么好运了。"

少年聚精会神地修理着红脸机器人，心不在焉地随口答应："好。"

少女显然不满意这个回答，想再测试一下少年，计上心头。她举着信号器，假借搜索信号，从卡车车顶跳到后车槽内红脸机器人身上。在少年视线所及的正前方，她故意脱下厚重的防护外套，展现出自己曼妙的身姿。在极光的映衬下，倾国倾城。她自信地料定少年肯定会偷看，突然转身摆头指责少年："你看什么呢？"

岂料少年完全没有分神，眼睛仍死死盯着红脸机器人的裆部，只顾认真修理，头也没抬地回答："啊？你说什么？它裆部的输油管裂了，我估计我是修不好了。"

少女的尴尬掉了一地，但她仍不信邪，按下了换装键，穿上一身薄纱仙女裙，扭转小蛮腰向少年走来，国色天香。

车下两只正在充电的机器小熊猫不由自主地被吸引，其中站着充电的那只小熊猫被迷得双眼放光，鼻子里不由自主地流出了类似鼻血的红色机油；旁边蹲着充电的那只机器小熊猫摸了摸自己圆滚滚的小粗腿，忌妒得噘起嘴生开了闷气。

少年因工具不全，放弃了修理，这才注意到少女的怪异举止，他不敢相信自己的眼睛，惊诧地问道："你，你是在勾引我吗？"

啪的一声，少年左脸颊多了一个粉红色的手印。看着打不还手的少年，少女竟然第一次感受到了做人的温暖，一滴莫名其妙的眼泪悄然落下。少女觉得很丢人，转身跳下车，背着身坐在一块机器石头上，安静地抹去了这不知从何而来的泪水……少年被弄得不知所措起来，像犯了错又不知错在哪里的孩子一样，他走到少女身边坐下，任凭身前空中的极光旖旎多姿，他的心却跳成了万鼓齐鸣。

少女率先开口："对不起，在我生活的世界，没有人单纯地只是对我好而不想索取些什么。"

少年揉了揉左脸上的巴掌印，感同身受："嗯，我也是。"

少女："我父亲很爱我，是我人生最重要的启明星，但同时也是令我最迷茫的阴影。"

少年："嗯，我也是。"

少女："我没有母亲。"

少年："我没有父亲。"

少女习惯性地又举起了手臂："你学我？还想挨揍是不是？"

不料，少年这次却准确地挡住了少女的手臂，全然没有了之前的拘谨，面露放松之色地打趣道："我一直让着你的，你还真以为我打不过你！"

少女听闻瞬间来了兴致，跳下石头摆开了切磋的架势。

只见少年也满脸认真地整理了衣襟："我自学苦练十年少林童子功，

也是时候耍耍了。”

少女将信将疑地使出擒拿手去抓少年的手指，少年不仅没有躲闪，还顺势来了一个犀牛望月，伸出双手正面接招。

少年和少女两个人脸对脸四目相视，手握手暗自角力。

上一秒，少女面露红晕，少年则面带微笑；下一秒，少年的笑容便渐渐扭曲。

“咔嚓！”软骨错位的一声脆响，少年手指反关节被锁。可他却憋着疼，眼角挂着一滴不愿流出的倔强泪珠。

“就这点力气？我自学苦练十年童子功……”少年仍然嘴硬地说道。

见少年还在硬扛，少女又微微地使了一层力。少年终于忍不住疼，大叫起来。他双膝跪地，连连求饶：“疼疼疼……”

两人虽较着劲，脸上却都露出了久违的开怀笑容。

这时，少女的手误碰了少年手环上的开关，打开了上面和少女私下聊天的窗口。

见状，少年羞得想立刻丢掉手环，无奈双手手指都被少女锁住，动弹不得。

少女看了又看这些熟悉的聊天记录，既惊又喜：“你是‘乐观的伤心人’？”

少年也愣了一下，随即喜出望外：“你是……‘悲观的小确幸’？”

少年突然一脸认真：“这，这就是传说中的缘分？”

少女突然反应过来，害羞地放开了少年的手，少年手指关节已经错位，被少女拧成了一个“心”形麻花。少女收敛笑容，傲娇地说：“呸！

你又丑又弱！我和你有缘？除非太阳打西边出来！”

话音未落，只见西边机器山坡后，徐徐升起一颗耀眼夺目的“小太阳”。“小太阳”在半空中放射出耀眼的光芒，照得黑夜犹如白昼，大地一片雪亮。少女惊得捂住了嘴巴。

虽然难以置信，但少年却笑开了花：“你看！西边！太阳！”少年抓着少女，不依不饶，少女却并不理睬他，她对这个“西边太阳”充满了好奇和疑惑。

“小太阳”越靠越近，最后竟直接降落在了机器山顶。着陆后，“小太阳”散发的光芒开始慢慢地减弱，露出真身。

原来，它是一个被改造过的太极球形状的报废人造卫星。白的一面布满了超级灯珠，像太阳一样可以发出耀眼的光芒；黑的一面则像月亮一般，挤满了凹凸不平的太阳能吸光板。

人造卫星降落后一动不动，从舱门的缝隙中透出钴蓝色的幽光，里面传出细小的金属零件摩擦的声音。少年和少女不再吵闹，好奇地上前观瞧。

“砰”的一声，人造卫星的舱门打开了。从里面的幽暗中，缓缓走出一团黑影，竟是数亿只黑白两色超微型小机器人在组合排列，小机器人互相勾连，渐渐组成一个黑白相间的熊猫机器人的形态。

这些超微型小机器人由可再生金属制成，能根据需要自行复制自己，也就是说，这只由数亿只超微型小机器人组合而成的熊猫机器人，无论受到什么样的重创，只要还有一只小机器人存活，它就可以通过复制自己再生。

小机器人链接稳定后，呈现出了一只壮硕威猛的熊猫机器人。他全身的灯光闪亮，系统开启，声音轰鸣。

八米多高的熊猫机器人缓缓走出舱门，铁齿獠牙，目露凶光！它一步一步逼近少年和少女，少女刚要拔枪开战，却再一次被少年挡在了身后。

没等少女说什么，少年抢先一步上前，不慌不忙地对熊猫机器人伸出了右手，做出要与他握手的姿势："朋友，大家自己人，没猜错的话，你的超微型小机器人技术应该正是爱仁科技公司的产品，我很小的时候在工厂的研发中心见过，后来，因为造价太高而被迫停产了！"

熊猫机器人愣了一下，随即举起推土机一样的熊掌，径直拍向少年，少女吓得不禁失声："小心！"在这千钧一发之际，不料，少年却背过身，面露笃定的自信："别装了，其实你早就穿帮了，这里的机器小动物都机警得很，你要真是像我们之前遇到的那只机器恐龙一样有威胁，它们早就跑啦！"

少女四下一看，果然，旁边的机器小熊猫们和其他的机器小动物们一边充着电，一边半躺半坐着看热闹，还有几只睡得鼾声如雷。刚刚偷看少女的那两只机器小熊猫，你瞅瞅我，我看看你，互相打了个哈欠。

看见熊猫机器人胸口的太极标识，少女也认出来眼前这位正是科研中心穹顶全息动态海报中的"二号神兵"，于是恍然大悟："我想起来了，这些机器动物是艾生博士当年重金打造的人造生物计划的产品，它们可以吸入空气中的有害气体和病毒，经体内净化后再排出优质空气。可惜该项目因耗资大、见效慢而被五大财阀叫停。后来，战争爆发，实验中心被炸，它们也失踪了。”

这时，一只机器小熊猫忍不住爬上了熊猫机器人的大腿，撒娇似的蹭来蹭去。一只机器小松鼠也撒着欢，跳上熊猫机器人的头顶。熊猫机器人瞬间破防，扫兴地放下熊掌。

他熄灭了营造恐怖范围的灯效，用钢铁巨掌握了握少年已被少女捏肿的手。少年立即从侦探范儿被打回原形：“哎呀，疼疼疼……”熊猫机器人打开了让自己看起来凶狠的机甲面罩，里面竟然是一只硕大又毛茸茸的人造大熊猫的圆胖的脸，神情憨萌善良却又不失庄重，饱经沧桑的毛发已经微卷。那张脸虽然分明是大熊猫的脸，却比人类脸上的表情还要丰富微妙。右眉骨受伤处的毛发有些稀少，隐约可以看出是久经沙场留下的痕迹。熊猫机器人扫兴万分，用略带着四川普通话的口音问道：“你们是谁？怎么晓得那么多？为啥子来这里叽叽喳喳谈恋爱？”

少女满面绯红：“谁和他谈恋爱，别乱说！我是来找我公公，不是，是来找艾生博士的。”

少年满脸严肃地补充：“我是艾生博士的儿子，我叫 A。”

少女说：“据说艾生博士发明了意识移植技术，创造了这个机器世界，还企图征服人类世界。”

熊猫机器人听完哈哈大笑：“我和艾生博士也算是老朋友了，呃……你们误会他了。”

看少年和少女一脸迷惑，熊猫机器人示意大家席地而坐，并调取自己意识储存库的影像，开始追忆当年：“当年，你父亲艾生博士痴迷于发明意识移植机器人，不惜用妻子腹中的胎儿，也就是你的 DNA 进行基因电子化复制，并结合弹性记忆金属，创造了超级仿生机器人 I。”

少年眼睛一亮：“我知道，我才见过我出生时的照片，旁边就有一个仿生机器人婴儿，那应该就是你说的 I 了。”

少女也恍然大悟：“是的，这里的造物主，也就是我们要找的那个机器人婴孩，应该就是 I。我们怀疑机器婴孩 I 的大脑内储存着艾生博士的意识。”

熊猫机器人没有理会，继续回忆：“因为 I 有了自我意识，这在人类科技史上是一次堪比上帝造人的杰作，身为机器人的 I，身体各器官都是由弹性金属、纳米纤维等高科技材料制成，所以他并不属于克隆人范畴，但他却具备了人类所拥有的自我意识。这让艾生博士非常兴奋，却也异常纠结。”

少女奇怪地问道：“纠结什么？”

熊猫机器人说：“因为艾生博士打造超级仿生机器人 I 的初衷，是想让 I 成为人类新的躯壳，这样，人类可以将意识植入到这些机器人的脑内，进而实现生命的延续。

少年忍不住插话：“可是 I 却有了自己的自主意识，把他用来做实验，这是不人道的！”

熊猫机器人说：“是，特别是你的降生让艾生博士重新审视了生命的意义，固执地觉得自己闯了大祸，他把自己关起来整整七天七夜，最终决定悬崖勒马，用自我牺牲的方法宣告实验的终结。”

少年听完，久久没有回过神来：“你是说，他已经死了？还是自杀？”

熊猫机器人满脸感慨：“艾生博士自知五大财阀不会善罢甘休，更不会放弃意识移植计划，为了保护妻儿，他假意抛妻弃子，将你和母亲与危险隔离。又在万人瞩目的发布会上，故意在I身上放了泄漏的生化电池，制造出I极度危险的假象。最后，他又拆除了I的武器系统和动力开关，造成了I假死和无用的情形，避免I事后再落入歹人之手。”

“那I后来去了哪里？”少年好奇地问道。

熊猫机器人说：“你父亲的计划奏效，五大财阀视I为有害垃圾，把他当作生化废料，几番处理后扔到了南极。I通过太阳能充电慢慢重启，像正常的孩子一样求知，利用报废卫星连入人类网络，学习人类知识并以指数级速度自我升级。后来，又昼夜不停地帮助这里的机器人形成自我意识，并按照人类文明创造了这个乌托邦的机器世界。”

少年仔细盯着熊猫机器人，说：“那你也是I唤醒的自我意识吗？你们还有联系吗？”

熊猫机器人一脸苦笑：“我的故事以后有机会再讲吧，哈哈……我和I也很久没见面了，I在三年前完成了对所有人类文明的学习，已经参透了生命的真谛。这几年，他一直在闭关钻研，据说已经成功发明了意识移植转换器和第二代仿生机器人，打算完成你父亲艾生博士的遗愿。”

少女说：“这么说，当年艾生博士并没有和I互换意识，这里的机器人公民也不是敌人和威胁。”

熊猫机器人一脸无辜地问：“什么威胁？”

少女顾不上解释，连忙打开通信器：“我得赶紧通知仁伯。”但仁伯那边却有信号屏蔽干扰，少女无法与他连接。

少女噘着朱唇，忧心忡忡。少年上前安慰："不用焦虑，他们说不定已经在来的路上了。"

熊猫机器人从手掌弹出一个微缩版太极球小卫星，让它缓缓升空："你们还有其他人？没事，我放个全息摄影机在高处，这样，他们经过这里的方圆几公里，我们都能看见。"

"关于当年，您能不能再讲讲细节，我总觉得哪里怪怪的。"少年若有所思地问道。

熊猫机器人挠了挠头，说："呃，我本就是个粗心大意的人，闲云野鹤惯了，艾生博士出了意外之后，我才道听途说了一点点信息。不过你们别急，我知道有个机器人最熟悉这事，我现在就打电话给他。"

熊猫机器人边说边回身进入那颗"小太阳"人造卫星里，翻箱倒柜掏出一个古董大哥大手机，查找通讯录，拨通了一个叫"小红"的号码。

"滚滚长江东逝水……"

刺耳的复古彩铃声猛然在附近响起，吓得熊猫机器人赶紧挂掉电话。熊猫机器人以为出现了幻听，环顾四周后再次拨通。

"滚滚长江东逝水……"

刺耳的铃声依然在附近响起。

顺着铃声方向，三人不约而同地看向了隐藏在机器柳树后面的老卡车。在老卡车的后车槽里，红脸机器人的备用应急通信器闪烁着小彩灯，播放着那首复古彩铃。

第三节

释

熊猫机器人跟随少年少女来到卡车旁，大吃一惊："这不就是小红吗？你们怎么认识的？是谁把他搞成这样的？算了，一会儿再说吧，帮我把车槽打开。"

熊猫机器人一边碎碎念，一边从人造卫星里掏出一套高新科技修理工具，火星直冒地开始拆解老卡车，用老卡车的零配件去修理红脸机器人。一双肥憨的手掌，手法却细腻而娴熟："先这样凑合吧，实在不行还得麻烦我哥去。"

少年问："你哥？"

熊猫机器人说："嗯，他在西边隐居修行，你们的信号应该也是他屏蔽的，咱轻易别去烦他。"

熊猫机器人随手拉出身后机器柳树的若干条机器柳条，连到红脸机器人的身体为其充电："这棵机器柳树可以通过风力提供电能，那棵机器槐树可以从地下矿藏中提炼石油，远处那棵机器榕树可以提炼天然气，你们再看这边地上的那棵机器罂粟花，这个可厉害了，它可以提供核能，不过在这里，它算是违禁品。"

少年仔细端详机器罂粟花，不禁发问："你说这里会不会是人类的威胁？"

熊猫机器人拔下一个机器冬瓜，打开藤把儿，将里面的柴油给红脸

机器人加满，并指着红脸机器人对少年讲："人需国那些机器部队的诞生就是为了满足人类无止境的争夺天性和贪婪欲望，而我们这里的机器动物则是人类自以为是挑战大自然又亡羊补牢的实验品。其实，人类的威胁只有人类自己。"熊猫机器人看起来面色凝重。

见少年困惑，熊猫机器人又语重心长地说："这里的每一个存在都是为了满足人类的某种欲望才诞生的。你父亲和众多科学家在做的事情也都是为了满足人类的共性需求，所以责任不应由某一个人来承担。"

熊猫机器人感慨完毕，秒变欢乐脸，他收拾了工具，大功告成地一拍红脸机器人的胸甲："修好了！完美！"

在少年和少女的惊叹下，熊猫机器人按下了红脸机器人的重启按钮，红脸机器人浑身通电开始启动，他颤抖了几下猛地站起。原来，熊猫机器人拆解了那辆老卡车后，用零件给红脸机器人做了一件崭新的铁甲战衣。这一顿操作之后，红脸机器人有了新的"老卡车战衣"护体，宛如战神下凡，更加威武。

但等他一开口说话，却还是代码错乱，一副疯疯癫癫的样子："我是谁？我在哪儿？杀！"红脸机器人胸口上的屏幕显示着他恢复记忆的进度条为 1%。

熊猫机器人略显尴尬地解释："呃……系统重启，记忆方面要慢慢恢复……"

少年满脸惆怅地说："可我有好多问题想问他，怎么办呢？您神通广大，一定有办法！"

熊猫机器人不假思索地说："提到神通广大，只有去找我哥了！"

此时，天空中不知不觉已经升起了真正的人造太阳，那群萌萌的机器小熊猫和其他的机器小动物也在晨光的沐浴下苏醒，它们伸着懒腰，像公园里的大爷大妈一样进行晨练，做早操，有的甚至还打起了太极拳。

少年、少女和红脸机器人被熊猫机器人请进了他的太极球人造卫星。卫星内部全都是他多年来收藏的人类世界的珍品，各和新奇玩意儿应有尽有。

人造卫星缓缓起飞，依照熊猫机器人的导航定位飞向了另一个未知国度。

熊猫机器人导游附体：“一会儿，大家就会见到我大哥——传说中的恐怖战神，大圣机器人。他是人类为了逃离这千疮百孔的世界而做的最后努力，也是迄今为止，人类探索地外文明的唯一收获。据说，他是利用黑洞陨石结合人类最尖端的基因科技所创造的陨石金刚，也是到目前为止，我唯一打不过的东西。”

少年想起了科研中心全息海报上的第三个“神器”，又看了看低头不语的红脸机器人和手舞足蹈的熊猫机器人，传说中的三大宝物马上就会齐聚一堂，这令他不由得难掩心中的激动。

太极球人造卫星飞越了几条钴蓝色的湖泊与河流，来到了一片空灵寂静的青色海洋，海面上不规则地出现了“罗汉国”三个巨字。放眼望去，那竟是数座被削平了尖顶、悬浮在海平面上的冰山。冰山顶上坐落着各式由报废空间站改造成的机器亭台、机器楼阁和由旧火箭发射台改造成的机器高塔。远远望去，仙气十足，再配合着浓雾缭绕的天气氛围，组成了一幅构图别致的写意机器山水画。

众人透过浓雾和氤氲的水汽，隐约发现了一座巍峨的高山正挡住了他们的去路。

太极球人造卫星飞得近了些，大家才看清楚那并不是普通的高山，而是由无数航天飞机、人造卫星、火箭助推器等宇航设备组合而成的超巨大“机器庙宇”，它酷似一艘宇航飞船，安置在一个巨大的冰山基座上，气势恢宏，让人心生敬畏。

太极球人造卫星拨云绕雾，最终降落在机器庙宇中央安静巨大的院子里。众人走出太极球人造卫星，熊猫机器人继续碎碎念：“一会儿，你们可别乱说话，我哥聪明绝顶，但性格孤僻；他完美无瑕，洞悉一切，总感觉自己不属于这个无聊透顶的低维世界。由于他生来无父无母，也无亲无故，又没有同频率交流的朋友，不免寂寞凄凉。所以，我觉得他的高傲其实是为了掩饰内心深处的孤独，呃，我们可以从这点入手——”

突然，从远方传来一声重低音：“来者何人——人——人——人！”无比洪亮的音炮如气旋一样冲来，直震得雾消云散！疯疯傻傻、低头不语的红脸机器人感到有高手出现，倒吸了一口凉气，尚存的战斗系统让他条件反射地发出一声赞叹：“好强！”众人也吓得倒退两步，定睛观瞧。

只见云雾中缓缓飘出一座微型莲台状迷你飞行器，上面稳稳端坐着一只身穿复古潮牌和经典款球鞋的人工智能小猴子，这只人造小猴子身长约六十厘米，头戴半月形智能天线，痞痞地半睁半闭着眼。

再仔细看，人造小猴子手里拿着一个特大号低音喇叭，这让原以为是靠其内力发声的众人大跌眼镜。

众人上下打量着人造小猴子——这怎么看也不像是厉害的角色呀，

于是大家眉宇间对熊猫机器人的言辞多少有些质疑。岂料，熊猫机器人却早已毕恭毕敬地上前："哥，咱有个事能请你帮个忙吗？"

人造小猴子半睁开一只眼，接着，他看了看少年和少女，冷言冷语："这里怎么有两个低等生物？"没等熊猫机器人回答，人造小猴子又指了指红脸机器人："这个脸比我屁股还红的废品又是啥？"

红脸机器人胸口的显示屏进度条表明其意识恢复了 24%，因此他依然痴痴傻傻，眼珠一左一右，始终对不到正位，嘴里还重复嘟囔着小猴子的话："脸比屁股还红的废品？脸比屁股还红……"

少女忍不住上前打圆场："那个，猴哥，其实我们是想找到艾生博士和机器人 I，了解事实真相，避免这里和人类世界发生冲突。毕竟，要是发生战争了，肯定会让您更烦了，是不是？"

少年也赶忙上前补充："艾生博士是我父亲，我生来就没见过他，我母亲现在病危，于是我千里迢迢来此寻父救母，相信您不会见死不救吧！"

人造小猴子这才睁开双眼，打量了少女，但没有说话，又看了看少年，忽然觉察到哪里有些不同。此时，红脸机器人的记忆恢复了 25%，他突然反应过来："我知道了，你是在骂我！杀！"

众人想要阻拦，但已来不及，红脸机器人将卡车装甲外衣整理好，把胡子面罩下拉，竟然酷似武圣关公，其战斗形态，更显英姿飒爽。

他抽出背后隐藏的折叠机甲大刀，抡圆了直直地劈向了人造小猴子。千斤重的机甲大刀自带刀风，吹得小猴子茸毛飘飘。

眼看大刀落下，人造小猴子却不慌不忙地对着机甲莲台轻声说了句："防御。"

只见机甲莲台几乎在大刀落到人造小猴子脑顶的同时，生成了磁力防护罩。那磁力防护罩遇到机甲大刀，就像两块吸铁石同极相斥的原理一样，立即自动弹开了，人造小猴子根本无须刻意躲避。红脸机器人又连挥数刀，都被机甲莲台自动弹开了。

他气得大骂："逃兵！无耻！"

人造小猴子抠了抠鼻屎，轻描淡写地说了声："攻击。"只见雾隐云深处，一阵类似龙卷风的声音由远及近。紧接着，一个铁甲黑影风卷残云般超音速飞来，在人造小猴子身后急停悬浮，竟是一个齐天大圣的机器人装甲。

大圣机器人全身紫金配色，金属抛光，金灿灿、亮闪闪的。一双电子眼可以看透任何物质的分子结构，可以看清万米以内发丝般粗细的标的物；一对机甲翎羽由外太空陨石提炼的不知名金属打造，质地轻薄却坚硬无比，可以感知任何武器的攻击。

大圣机器人的头部舱门打开，人造小猴子乘坐机甲莲台进入驾驶舱。机甲莲台嵌入头部舱内的卡座里，变成了驾驶座椅。人造小猴子随即打开了机器人的智能操控模式。

顿时，大圣机器人周身的灯光全亮，即使在云雾中，紫金配色的盔甲也依然金光闪闪。因为这是一场硬碰硬的角逐，系统针对红脸机器人的马力数据，打开了大圣机器人的六只排气孔。

大圣机器人瞬间腾空而起，悬浮在半空中，摆好冲击的姿势，与恭候多时的红脸机器人形成地空对峙。两尊武力值顶配的机器人，像武侠高手一样，寻找对方的破绽。

片刻过后，红脸机器人调整好节奏，率先出手，一套机甲大刀连招配合激光弹耍得酣畅淋漓。

大圣机器人也是上下翻飞，闪转腾挪，毫不退让。

红脸机器人是由钢铁重金属搭配起重液压轴承铸造的，势大力沉，擅长力从地起，步伐稳健，力拔山兮；大圣机器人是由太空金属配合航空耐燃氢钢锻造，潇洒凌厉，擅长御风而动，招式轻盈，横扫千军。

两人的打斗激烈精彩，看得众人眼花缭乱。熊猫机器人在一旁试图劝架，却又不敢贸然上手。

几个回合下来，红脸机器人遇强则强。他心无旁骛，越打越猛。人造小猴子看不能轻易取胜，开启了手动操控模式。

他戴上了耳机，像电竞高手打游戏一样，一顿操作猛如虎。

再看大圣机器人，突然犹如齐天大圣附体，各种招式全面升级。他一个闪身，从腰间摘下可伸缩的十余米长的机器长棍。机器长棍质地轻盈却坚硬无比，生扛红脸机器人的机甲大刀，顿时火星四溅。

由于红脸机器人是按照系统模板在战斗，招架逐渐吃力。熊猫机器人见状，连忙上前加入双方的缠斗当中，借力打力地拖着肥胖的身躯，将双方的攻击强度都泄掉大半，使其杀伤性不那么大。

熊猫机器人左右应付。他给人造小猴子解释："他脑袋中枪，芯片损坏，现在等同八岁顽童，您和他计较，赢了输了，不都难看吗？"虽嘴上站在人造小猴子这边，熊猫机器人在动作上却老是不经意间帮助红脸机器人，但得了便宜之后又立刻赔罪认错。他那憨萌又骚气的太极招式，搞得人造小猴子也直翻白眼，哭笑不得。

最后，人造小猴子摘下耳机，收了机器长棍，驾驶大圣机器人跳出圈外。熊猫机器人也识相地顺势抱住红脸机器人，在他耳边说出了那个安全词："休战。"

红脸机器人的潜意识系统在分析了敌我战力之后，认可了休战建议，暂停了自己的战斗模式。

一切回归平静，少年和少女开始给红脸机器人做损耗检修。

大圣机器人的头部驾驶舱开启，人造小猴子坐在机甲莲台上闭目养神。熊猫机器人在一旁手舞足蹈，声情并茂地说明故事的原委。

听完故事，人造小猴子打了个哈欠，从机甲莲台座下抱出一台老式笔记本电脑，冲少年喊道："那个找爹救娘的孩子，你过来。"

少年赶紧跑过去，人造小猴子说："在下姓侯，名腾，字化云。已经很久不关注人类世界的事了。"

人造小猴子边说边通过老电脑搜索出无数条当年的新闻和传言，再将这些碎片资料用一个极细的磁盘棍转存，最后将磁盘棍插入位于自己耳朵处的一个异常精密的外接金属插口。通过插口，磁盘棍将资料信息导入人造小猴子脑内，并在其脑海里做着重组和分析。人造小猴子自言自语道："传言和转述都会形成对事实的演绎和扭曲，而新闻报道也都带有片面性和指向性，可是真相就藏在这些纵横交错、真真假假的信息里面。"

小猴子闭着眼睛，眼珠骨碌碌地来回转动，似乎在感慨什么，过了一会儿，他才发出一声叹息："唉，人哪……"

语毕，小猴子唰地一睁眼，眼睛上的电子视网膜泛着金光，投射出各种新闻的全息影像，向众人大致还原出了当年事件的始末。

他理性客观地分析了当时的真相："真实的人性可能更为现实，当年你父亲并不是顾虑I有了自我意识，而是因为I就是你！"

少年被说得一愣，旁听的少女和熊猫机器人也被说得一头雾水。人造小猴子继续补充道："I被成功创造后，各方财团和那些濒死的战士、残疾人，以及各类绝症患者更是翘首企盼意识移植的成功。然而，事与愿违，I的弹性金属躯体虽然近乎完美，但也形成了独立的自主意识，更重要的是，它对互换意识的对象也十分挑剔，包括艾生博士和仁伯在内的所有成年实验者都无法与之匹配。在反复失败和内外压力下，艾生博士几近崩溃，每夜借酒消愁。一夜醉酒后，艾生博士看着熟睡的妻儿，突然想到，I的大脑内是极致纯净的婴孩意识，自然无法与成人复杂污浊的意识波频共振互换，那么，如果用人类婴儿的意识与其互换……"

熊猫机器人恍然大悟："不会吧……"

人造小猴子说："会，醉酒后的艾生博士，鬼使神差地尝试将自己刚出生的儿子与I进行意识互换……"

少女也恍然大悟，陷入了深深的思考："不会吧……"

人造小猴子说："会，这次实验居然奇迹般地成功了。醒酒后的艾生博士意识到自己闯了弥天大祸，他后悔不已，却不敢告诉妻子，而当时的技术又无法将儿子与I的意识再逆向换回……"

少年大张着嘴，脑中不断闪回过往种种碎片画面，眼睛眨也不眨，仿佛停止了呼吸。

熊猫机器人好奇地求证："这么说，少年A脑内是机器人I的意识，而机器人I的脑内却是少年A的意识。"

人造小猴子说："不仅如此，后来，艾生博士又发现五大财阀也并不简单，他们投资意识移植的真正目的并非造福人类、帮助弱者，而是通过资本运作满足私欲，甚至已经计划好再次升级战争，全方位敛财，而意识移植技术也注定只是为少数财阀所专有。万般悔恨的艾生博士心灰意冷，这才计划用生化电池泄漏制造事故，以终止实验……"

少女突然反应过来，似乎想起了什么，花容失色："糟了，若真如你所说，那这次五大财阀派我们和军队来这里的真正目的莫非是……"

人造小猴子噼里啪啦一顿输入代码，侵入卫星系统，搜索起五大财阀的历史资料。而此时的人需国内，正在举行白脸机器人军阀的新王登基大典。原来的机器皇城已经被彻底改造成了机甲宫殿，由坦克装甲做"砖"砌成的主宫殿巍峨壮丽，威仪感十足；由战斗机群和战舰军艇焊接组成的两侧副宫殿则造型前卫，各具张力。

中央广场上是登基大典的主舞台，由民用族机器人的躯体残骸和原机器皇城的旧建筑废料堆砌而成。白脸机器人军阀端坐在主舞台中央的坦克王座上，接受依次上前的机器人子民的顶礼膜拜。雇佣兵总首领、仁伯、朱莉副首领等一众人，以上上宾待遇分坐两侧。

刚开始，白脸机器人军阀还很高兴，接受着机器人子民进贡的各种新奇物件。可随着新奇感渐渐消失，白脸机器人军阀开始不耐烦起来，时而用手敲击着坦克铁皮，发出了一连串的噪声；时而跷起二郎腿；最后干脆一跃而下，让台下一众机器人士兵欢呼着把自己高高抛起，一次又一次。接着，白脸机器人军阀又让朱莉副首领和塞隆副首领为自己加冕用机器人族长头骨制成的机甲皇冠。

一片喧嚣过后，机器人士兵继续在台下狂欢，白脸机器人军阀却窝坐在坦克王座上，眼神空洞，黯然神伤。最后，竟举起机甲皇冠扔向天空，一枪将它轰碎。

此时，雇佣兵总首领也接到了信息，人类后援部队已经全部到达南极并破译了信号干扰，正集结待命，随时准备攻打进来。雇佣兵总首领看了看仁伯，又看了看白脸机器人军阀，眼珠微转，计上心头。

白脸机器人军阀看着一地的机甲皇冠碎片，情绪激动："为什么我已经赢了所有，却仍感觉不到快乐！为什么？！为什么？！"

他的喊声回荡在广场上，台下正在"把酒言欢"的机器人士兵闻听之后，也感同身受地放下汽油桶酒杯，一个个都垂头丧气，广场上一片寂静。

"因为你们还不是人！"伺机已久的雇佣兵总首领在贵宾席中找准时机，大胆接话。

白脸机器人军阀望向仁伯和五位雇佣兵首领，眼神虽凶狠却带着些许企盼。

四位副首领也觉得时机成熟了，在得到雇佣兵总首领的默许后，摘下了各自的脸膜，露出了俊美帅气塑形脸膜下本已苍老丑陋的容颜。

雇佣兵总首领说："你们虽有类似人类的自主意识，却没有人类千万年来的生存经验。"

已是耄耋之年的塞隆副首领说："你们虽可以将记忆储存而延续生

命，却也因此没了对有限生命的珍惜！”

满身都是因烧伤而留下疤痕的皮特副首领说：“你们虽有坚硬的钢铁之躯，却感受不到家国热血的酣畅淋漓！”

竟是男儿身冒充女生的朱莉副首领说：“你们虽有喜怒哀乐的表达，却感知不到爱恨情仇的刺骨锥心！”

白脸机器人军阀听后如醍醐灌顶，继续追问：“那如何才能变成人？感受热血？体验死亡？”

所有军用族机器人，包括被俘虏的民用族机器人，这时都鸦雀无声，翘首倾听。

雇佣兵总首领缓缓起身，冷静一笑：“远在天边，近在眼前！”

见大家的兴致都被彻底调动起来，他打开领口处的扩音机，提高了声音：“你们的造物主艾生博士已经发明了意识移植技术，可以将人类与机器人进行意识互换。”

四下一片骚动，议论纷纷。

白脸机器人军阀立刻兴奋地追问：“真的吗？他能把我们变成人类？！可艾生博士在哪儿？合适置换的人类身体又在哪儿呢？”

雇佣兵总首领故作神秘地对着手腕上的对讲机发出了指令。不一会儿，远处天空中呼啸着飞来了那艘龙形洲际飞船，吓得众机器人士兵连忙拾起装备。白脸机器人军阀也因人类的高科技武装而感到震撼，但未敢妄动；仁伯被这突如其来的安排弄得不知如何参与才好。

龙形洲际飞船悬停在半空，龙身的侧翼舱门全部打开，甩出一条条降落绳索。汤姆副首领率领人类雇佣兵大部队整齐划一地从飞船上顺着绳索滑下，落地后原地立正，双手举高，示意没有任何敌意和武装威胁。

雇佣兵总首领对着台下的人类雇佣兵们大声喊话：“你们都是我精挑细选的兵，这么多年来，我几乎和你们每个人都交流过！现在，天时、地利、人和，机不可失，时不再来，有谁愿意跟随我变成机器人，获得永生？”

四位雇佣兵副首领把军衔一撕，率先喊道：“我愿意！”

众人类雇佣兵也纷纷撕掉各自军衔，异口同声地喊道：“我们愿意！”

白脸机器人军阀大喜，也对台下的机器人士兵大喊：“有谁愿意跟随我变成人类，体验热血？”

机器人士兵纷纷放下战甲武装，同样异口同声地喊道：“我们愿意！”

雇佣兵总首领被白脸机器人军阀托上肩膀，两人即刻开始研究和制订寻找艾生博士和机器人I的计划。人类雇佣兵们纷纷议论着可以变成机器人，实现长生不老的未来，士气大振，一个个摩拳擦掌；机器人士兵们则畅想着可以变成人类，体验七情六欲，也是欢呼雀跃，欣然欲往。

雇佣兵总首领对着白脸机器人军阀耳语了几句，白脸机器人军阀心领神会，给所有的机器人士兵发送了任务信息。

机器人士兵们立刻全副武装，开启了战斗模式，一对一配对，各自扛起一个人类雇佣兵，按照定位，全速出发，准备找到机器人I和艾生博士，夺取意识移植技术。

摘下脸膜的四位雇佣兵副首领，也彻底撕破了英雄伟岸的形象伪装，连音色、举止都实现了 180 度大转变，个个神情贪婪狰狞，面目可憎。唯有仁伯心事重重，眉头紧锁，似乎对雇佣兵总首领的所作所为很不舒服。

他拿着可以向五大财阀直接汇报的内线通信器来到雇佣兵总首领面前，用略带威胁的口吻说：“我们应该按照原计划先见到 I 再说，你这样做会打草惊蛇，万一出了问题，我们跟上头怎么交代？”

雇佣兵总首领虽然还戴着假脸脸膜，但也与之前判若两人，他一把夺过仁伯手里的通信器，将它捏了个粉碎：“您气色不太好，还是先去休息吧。从现在开始，这里由我全权负责！”

仁伯刚想再争辩什么，雇佣兵总首领却一挥手，叫来了四个彪形大汉，他们架起了仁伯的磁悬浮轮椅，直接把仁伯抬进运兵车里软禁起来。

就这样，由人机混编的大部队浩浩荡荡地列队出城了。

路过人需国的钢铁碑匾时，兴奋的雇佣兵总首领用镭射枪瞄准“人”字开了一枪。身后的白脸机器人军阀觉得不过瘾，抬手又补了一炮，直接将整个碑匾轰个粉碎。雇佣兵总首领和白脸机器人军阀相视哈哈大笑。

与此同时，在运兵车的休息舱内，被四个彪形大汉围在中间的仁伯微闭着眼，面无表情地做着静心瑜伽。

很快，白脸机器人军阀和五位首领带领人类雇佣兵和机器人士兵也来到了逍遥国，他们也同样看见了美轮美奂的机器风景和机器动物。

白脸机器人军阀与几位副首领觉得这里人畜无害，商议是否该直接穿过，但雇佣兵总首领手里拿着一本古书，思考了片刻，说道：“不要大意！这里的每一只机器动物都受中央处理器管控，必要时会一呼百应；这里的每一个机器植物都可以提炼能源，简直就是它们的粮仓。”

白脸机器人军阀满腹疑问：“那你的意思是……”

雇佣兵总首领目露凶光，冷酷地说出四个字：“破而后立！”

人类雇佣兵和机器人士兵接到“殖民”的命令，立刻撒欢儿似的冲入机器丛林。无论是机器野兽，或是猛禽，看见的就抓，碰到的就逮，并强行改装这些机器动物的程序，把它们变成自己的坐骑。

人类雇佣兵部队慢慢地发现，这里的机器动植物的最初始的程序设定都是“不许伤害人类”，这让他们的“殖民”行动变得易如反掌，于是人性的贪婪与卑劣也暴露无遗。癫狂的人类雇佣兵开始胡乱投掷炸弹，试图引出更多猎物，导致数棵参天的机器巨树轰然倒塌。

万吨级的机器巨树砸下来，牵连破坏了机器丛林的中控动力系统。一瞬间，斑斓的灯光全部熄灭，色彩如印象派油画般美丽的全维全息投影消失了，露出黑灰色的钢铁内结构以及一颗颗血红色的电子眼。宛如后现代厚重灰暗的抽象画，绚丽鲜艳的机乐仙境刹那间变成了阴森恐怖的钢铁鬼城。

仁伯借助望远眼镜从运兵车内看着外面被破坏的景象，叹惋不已。这时，细心的仁伯发现机器丛林的偏僻处有异动。他调高眼镜倍数，发现在人类雇佣兵进攻的盲点处，有一片被机器柳树遮挡的冰坑洼地，一只凶猛无比的机器霸王龙倒在里面。它的脚踝由于被那几棵万吨级巨型钢铁树干砸中而冒着火花，它痛苦不已。

仁伯思考再三，趁看管他的四个彪形大汉分心时，偷偷地给他的机器人秘书发送了一条私信指令。已经打入大部队内部的机器人秘书收到仁伯的指令，立即背着修理箱，偷偷离队，潜入机器丛林那片盲点区，帮助机器霸王龙检修伤情，并一点点地切割开巨型钢铁树干。

浓烟遮蔽了天空，天气控制系统自动“安排”了一场瓢泼大雨，渐渐浇灭了因爆炸产生的火焰。白脸机器人军阀和机器人士兵望着仓皇无助的机器动物以及面目全非的机器植物，面露不忍。而五位首领和人类雇佣兵却丝毫不觉愧疚，意犹未尽地挥臂撤离。而这一切都被熊猫机器人之前放在上空的微缩迷你小卫星全方位清晰地拍摄了下来。

罗汉国机器庙宇内，熊猫机器人和其他人看着迷你小卫星发回的实况录像，气得像热锅上的蚂蚁，一个个捶胸顿足。熊猫机器人想立刻赶回去制止，却被少女理智地拦住：“你现在回去也挽回不了什么，我们当务之急是要抢在军队前面找到机器人 I，避免更大的损失。”

熊猫机器人觉得左右为难，无助地看向了人造小猴子。

刚刚搜集完五大财阀信息资料的人造小猴子再一次摇了摇头：“唉，人哪……”他一抬手，从远处瞬间飞来了一个名为“金云”号的载人飞行器。它的造型酷似一个流线型云朵，内嵌的加速推进器可以让它瞬间变换时速。

人造小猴子说：“我知道 I 在哪儿，我带你们过去，迟早都要麻烦，早解决早利索了。”

众人大喜，一边感谢人造小猴子，一边登上“金云”号飞行器，只有少女因为一直联络不上仁伯而忧心忡忡。人造小猴子为她解除了信号屏蔽，少女再次联络仁伯，却显示对方的通信器已被人为恶意损毁。

少女终于按捺不住心中的担忧："你们先去找I，我回去搞清状况，我担心仁伯有危险！"

少年下意识地拉住少女："我，我陪你一起？"

少女苦笑着，略带嘲讽和打趣地说："你那童子功威力太大，还是等关键时候再保护我吧，乖。"

少年自知无力帮忙，自卑地摘下手环给少女戴上："这是我出生时父亲送我的，是我全部的家当。"

少女也摘下自己的手环，想了想，却故意不肯给少年："我这手环可比你的贵多了，为什么要跟你换？"

少年支支吾吾："我是怕……万一仁伯不让你回来了……"

少女脸色一沉："你是怕我回不来，还是不回来？你不相信我？"少女习惯性地举起了手，少年赶紧解释："不是，我只是觉得仁伯……"

啪的一声，清脆的打脸声。只不过这次，是少女给自己的脸上留了一个巴掌印，她抓起少年的手，和他一起摆出发誓的姿势："没有搞清楚状况就大兵压境是我们的错，我现在要去核实清楚。不过你放心，无论是谁的父亲，做错事都要承担责任！"

少女眼神坚毅，之后果断地转身离开。

少年感受着手上的余温，望着少女远去的背影，百感交集。

熊猫机器人不合时宜地凑了过来："她自己回去多危险呀，你怎么不去护着点？你是男人哪！"

少年微颤着头，小声嘀咕："都怪我不够强。"

熊猫机器人没听清楚，肉肥毛茸的大脸蹭在少年耳旁："你说什么？

我问你为啥不跟她一块儿回去？”

少年心态渐崩，情绪失控地抓住熊猫机器人脸上的毛，撕心裂肺地一顿薅：“因为我不够强！因为我不够强！……”

熊猫机器人被薅得一脸懵，震惊地看着自己的茸毛漫天飞舞。

少年紧闭双眼、紧握双拳，手里抓着茸毛仰天大喊：“我要找到！！我要变强！我要变强！”

人造小猴子拿着喇叭不耐烦地催促：“哎，鬼哭狼嚎什么，走哇！”

少年被喇叭的声音吓了一跳，这才尴尬地发现，众人都已经坐上“金云”号飞行器在等着自己。

少年也满脸尴尬地登上了飞行器。

“金云”号飞行器的内饰均为纯金打造，搭配着各种宝石镶嵌其中，珠光宝气，极致华丽。

人造小猴子输入了精准坐标，“金云”号飞行器腾云驾雾，一个加速，直冲云霄。

红脸机器人

熊猫机器人

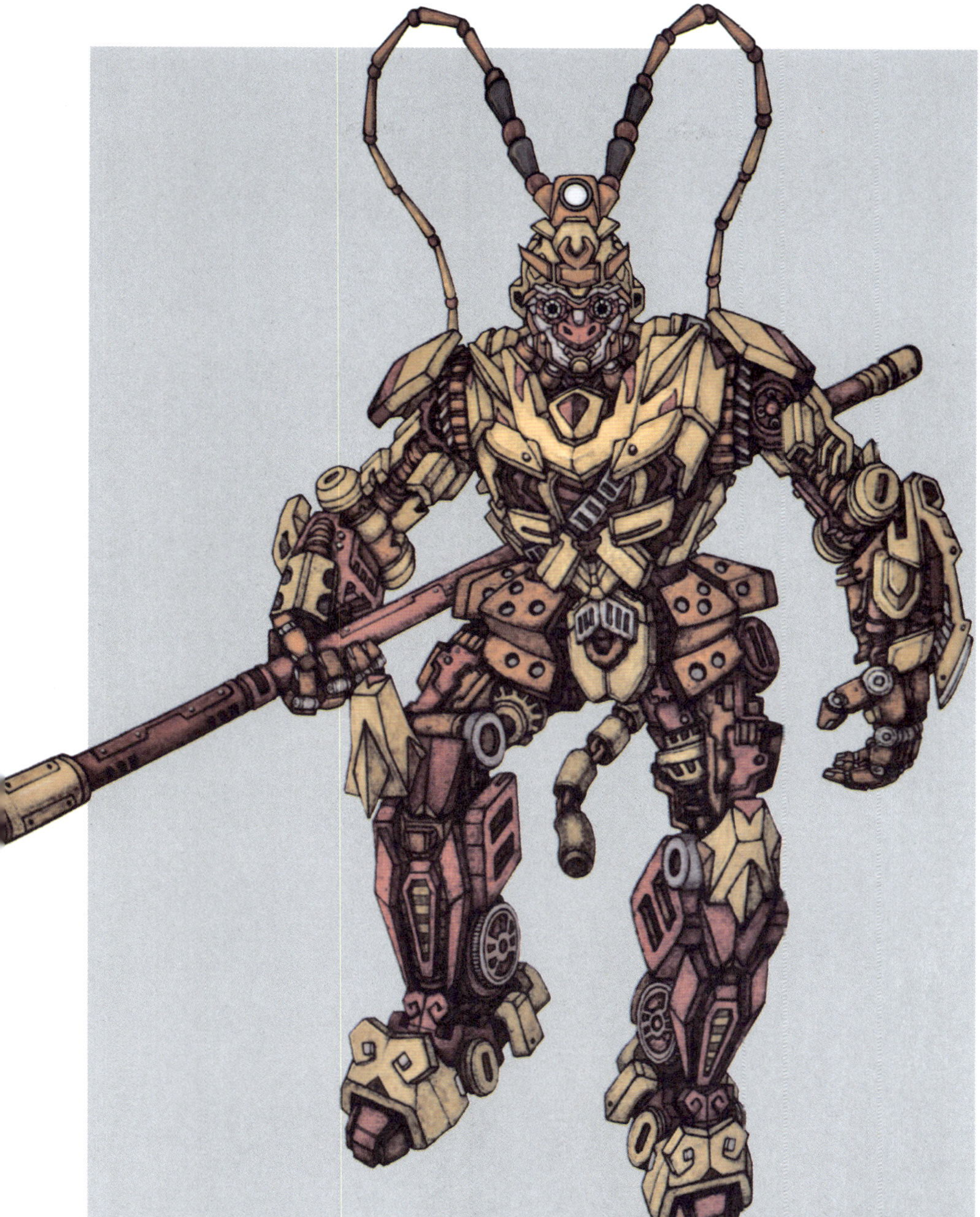

大圣机器人

第四章

生而为器

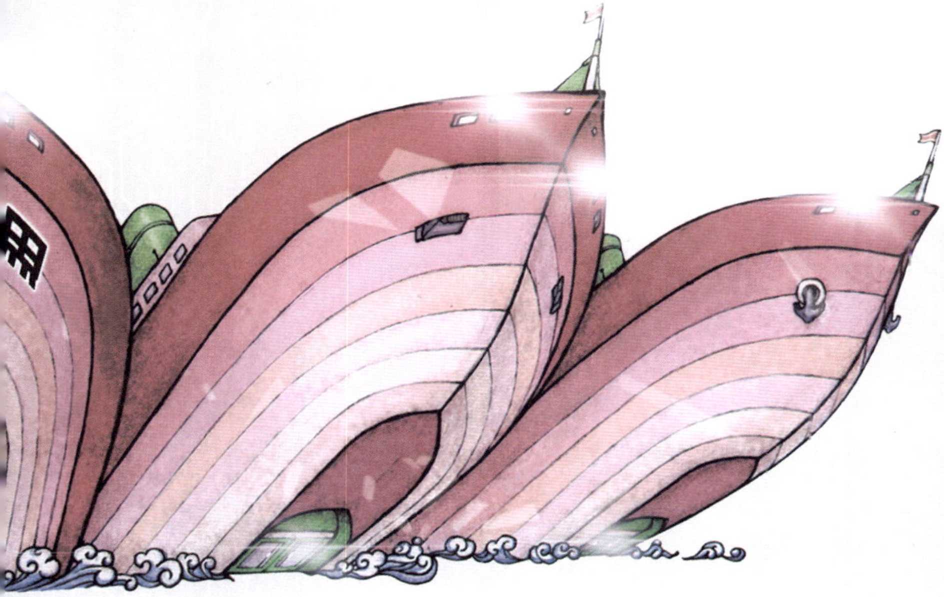

第一节

无老无死

“金云”号飞行器腾云驾雾，以超音速飞行，瞬间就来到了接近南极极点的一片冰山地带。一片光柱投射到最高的一座冰山的山顶，映出了三个众人不认识的光体大字。人造小猴子告诉大家，那是“光寿国”的意思。

“金云”号飞进了光寿国的中心，一片由冰山群围成的机器大都市，它降落在机器大都市外围的一片机器松林旁边，大家陆续走出舱门。

机器大都市里的巨型建筑都是由巨型不锈钢铸造的建筑结构，依据冰山的山貌，通过加固和雕琢开凿了冰雪摩天大楼，这正是无人机之前坠落并拍摄的地点。

放眼望去，埃菲尔铁塔、金字塔、东方明珠、帝国大厦、万里长城等世界著名景观建筑都在这里被金属和冰雕复刻呈现，数亿颗炫彩灯光内置在各个角落，把这个冰雪机器大都市照得异彩纷呈。各种各样的仿生机器人公民生活其中，衣食住行都在模仿人类，只是更为简单朴素、清晰高效。这些仿生机器人都是由高钛合金打造的，在低温环境下基本不会老化。浅层意识记忆也都随时拷贝到类似中央云盘的数据中心备份。他们不会生病，也没有痛感神经，维修机器人又 24 小时随时待命，就算遭到严重损坏，他们也可以通过意识移植技术在另一个仿生机器人体内重生。

可以说，除了遭受未知的意外或重大物理攻击，这里的仿生机器人公民基本属于不病、不老、不死的状态。

因为他们只是在模仿人类的行为习惯，所以这里的食品、衣物和娱乐器具大多都由全维全息影像呈现，但这些五维投影专门为机器人的触感系统创造，这些仿生机器人通过传感器能够真切地感知这些投影的色、香、味，也可以获得这些全维投影辐射的能量。但对人类来说，摸起来就是高压蒸汽的触感。

众人穿过一片露天市集，仿生机器人公民正在物物交换人类用过的各种非工业产品，那些早被人类视而不见的扁担、拖鞋、菜刀等手工制品，在这里都被精致地包装好，进行展示和拍卖交易。

仿生机器人公民好像在准备盛大的接待盛典，处处都有礼花、礼炮，迎宾标语也张贴得到处都是。机器人公民看见少年都向他点头致意，他们虽然交头接耳，对他议论纷纷，但举止神情中充满了友善和敬畏。

此时，前方出现了一座类似机甲莲花的金属建筑，正是之前维修无人机的科研中心，因为怕红脸机器人惹祸，众人将他安置在门外。

没有任何阻拦，也没有任何问询，人造小猴子就这么堂而皇之地带着少年和熊猫机器人走进了建筑。室内各种冰雕装饰和钛白合金材质的器械简约大方，氛围清爽纯净，让人心旷神怡。

窗明几净的中央大厅里，一个婴孩机器人正头戴护目镜，操纵着机械臂，一丝不苟地擦拭一个蜷缩在培养皿中的第二代仿生机器人。

看那身形，这个婴孩机器人应该就是大家苦苦寻找的 I 了。而那个第二代仿生机器人应该就是传说中的意识移植技术的最新成果，他虽身处阴影中，但其材质带给人的感觉和辐射出的气场都暗示着此物非比寻常。

人造小猴子说：“喏，那个就是I，分明使用了弹性金属和模拟生长程序，却一直是婴儿的样貌。”

婴孩机器人I瞥见有人到访，先是一惊，而后大喜。当他看到少年时，竟放下手中的一切，径直跑了过去，二话不说，直接给少年一个大大的拥抱，抱得少年受宠若惊，一时语塞。

I短手短脚，又萌又可爱，思想言谈却像个成人。他仔细打量少年：“我是I，也是你。”

少年吞吞吐吐：“你……你好，我是A。”

少年和I互相对视了许久，他仿佛是在看小时候的自己，I也仿佛在看长大后的自己。

看着看着，两人又觉得像在照镜子，那种感觉异常奇妙。

少年说：“所以，你大脑里真的是我的意识？”

熊猫机器人忍不住吐槽：“你俩到底谁是谁？当年到底是怎么回事？”

I点了点头：“这么说会比较清晰，在这位少年脑内的意识，其实是机器人的意识，而在我脑内的意识，才是艾生博士亲生儿子的意识。”

虽然已经做足了心理准备，少年还是被震撼得捂住了嘴巴。他万万没想到，自己在寻父救母的探险之旅中竟然找到了真正的自己，而且是以这种方式。

I继续补充道：“我这个躯体本属于这位少年，是艾生博士穷尽毕生所学的杰作，可以媲美甚至超越人类构造的第一代复杂的超级仿生机器人。组成我这个身体各部位组织的弹性记忆金属提炼于太空陨石，其耐腐蚀性和坚硬度是钛合金的数百倍，可以根据记忆弹性重塑任意形体，还可以按照电子基因程序设计模拟人类规律性生长的过程，更是几乎不老不死的分子状态。”

人造小猴子忍不住插话：“看来我分析得都对，你们一个是以机器人的状态活了 18 年的人类，一个是以人类躯体的状态活了 18 年的机器人。你们这也算是另类的修行了，哈哈。”

I 苦笑了一下：“可惜换得太早了，除了经常幻想自己是个真正的人，我和其他机器人也没什么不同，你呢？”

少年也挠了挠头：“我也是，刚出生就换了身体，应该没啥特别的，也就是看见机器人和数据系统会感觉比较亲切吧。”

人造小猴子感慨道：“看来，环境和身份还是会影响意识能量，所谓心随境转。此星球不宜久留。”

熊猫机器人说：“哥，你嘀咕啥呢？你计划去哪儿，回头也带上我呀。”

人造小猴子一脸埋怨的神情：“我看一时半会儿也走不了，I 现在有执念，想临走前把这里再安顿一下，也算不枉生时为人。其实，他一直把自己当成是人类，我却怕他引火烧身。”

I 看了看外面：“对了，其他人呢？”

少年惊讶地问：“你怎么知道还有别人？”

I 举起仁伯无人机上缠的碳纤维纱布：“是我邀请你们的呀！那台无

人机是我修好的。”

少年恍然大悟又立刻迷惑不解：“为，为什么？你不怕我们……”

I 笑了笑，说道：“怕什么？这片机乐世界就是为你们人类建造的。何况这里也并不是永恒的天堂。”

人造小猴子说：“地球也就这样了，我们计划去宇宙深处寻找终极乐土，我飞船都造好了，正在装修呢，你们就来打扰我了。”

少年无比惊讶：“你是说，你要把这里的一切都送给我们？包括意识移植技术？”

I 点了点头：“我们带不走所有的机器生命，只愿人类能与留守的机器人公民和平共处。”

熊猫机器人忍不住气愤地插嘴：“可目前看来，人类好像并不喜欢我们的世界。”他满脸委屈地给 I 播放人类雇佣兵炸毁机器丛林的影像，少年看得羞愧难当，不知该如何解释。

I 却主动打圆场：“我知道，都怪我太想给你们惊喜，没有第一时间表达清楚。你们不知道我们是敌是友，可以理解！”

看着天真无邪、眼睛里充满期待的 I，少年更加感到无地自容：“真的对不起，我想他们应该是太想得到意识移植技术了。”

I 像兄弟一样很自然地拉起少年的手：“你想不想看一下我意识移植技术的最新研究成果，比起咱爸那时候可要稳定多了。”

少年又惊又喜：“真的吗？你真的成功了？”

I 点了点头：“你知道吗？我们的父亲艾生博士真的很伟大，他证明了生命的真相。”

少年眨了眨眼，充满好奇地问：“我们的意识是一种什么样的存在？它真的可以像数据一样任意存储吗？”

熊猫机器人说：“按我的理解，是不是可以把人体看成电脑，意识就像电脑里存储的照片或视频文件。人的躯体死了，就相当于电脑坏了，但里面的照片和视频文件还可以拷贝出来，储存到新的电脑里。”

I 摇了摇头，说：“作为完全没有基础知识的外行，你也可以暂时这么理解，这总比那些既不相信又不思考的人好一些，但实际情况要比这复杂太多。”

人造小猴子说：“实际上是投影和投影源的关系。”

少年和熊猫机器人虽一头雾水却觉得人造小猴子很厉害。I 用右手大拇指捏了捏中指，触发了一道密码机关。一个地下实验室缓缓升起，展示出各种实验设备和历代仿生机器人实验品。一看便知，I 经过了很长时间的研究和实验。

I 指着中央全息投影的画面图示给大家讲解：“众所周知，这个世界有不同的维度，低维往往是高维的投影成像，好比电脑里的二维画面就是我们这个三维实体世界的投影。”

熊猫机器人说：“这个我知道，就像打游戏，游戏里的我是二维世界里的动画熊猫，我用游戏中的动画熊猫闯关，其实就等于我把三维现实生活中的自己的意识投射和代入到游戏里的二维动画角色中了。有时候打入迷了，我甚至会觉得二维世界的那个动画角色就是我自己。”

I 说：“对！那么，有没有一种可能，现在三维的你其实也是一个投影，一个对四维世界，或者更高维度世界的投影？”

熊猫机器人恍然大悟，深有感触："太可能了，我们机器丛林用的全息投影不就是既看得见又摸得着的吗，但它也只是个投影，包括我，不也都可以算是金属材质的'投影'吗，只是组成投影的化学元素不同而已。"

I说："所以，尖端科学证实我们的意识其实很可能也是以一种超出我们认知维度的方式存在，类似'投影源'，而形形色色的高矮胖瘦的我们，其实只是在这个相对低维世界里的投影成像。"

人造小猴子说："就像幻灯机才是投影源，投到幕布上的影像只是投影，但人们却认为幕布就是根本，殊不知，把幕布撤了，投影源会把画面继续投射在后面的墙上。"

I对少年语重心长地说："我们的父亲艾生博士就是在了解了生命的真相之后，发明了和你一模一样的我，我们不仅仅外貌和身体结构一样，更重要的是，我们接受投影源的投影载体——大脑的波频，共振一致。"

少年似懂非懂，但感受颇深："那我们的意识本源到底在哪里呢？"

I说："这就是我们为什么要离开地球去探索和学习未知宇宙世界的根本原因了，在三维的世界我们无法参透更高维度的秘密。"

I带着少年一边参观一边走向大厅后方的观光电梯："走，我先带你们参观一下我为你们建造的机乐世界，回来再看我升级的第二代仿生机器人。在这里，你们将无老无死！直到我们探学归来。"

第二节

无欲无求

少女回到了仁伯所在的部队，见仁伯被软禁起来，又大概了解了之前的情况后，对雇佣兵总首领的所作所为颇为不满，前去找他理论。

雇佣兵总首领正在位于龙形洲际飞船龙头的临时指挥部办公，见少女气冲冲地闯入，笑嘻嘻地放下手里的定位器，春风满面地对少女说："你的来意我都知道，仁伯身体欠佳，我是怕他累着……不过，我们两个倒是可以结合一下，如果你想通了，可以直接向我汇报。"说着，又从怀里掏出了那枝机器玫瑰，放在了桌面上。

看着这枝机器玫瑰，又回想起他之前伪装成憨厚男在派对上占自己便宜的种种行为，少女鄙视地吐了雇佣兵总首领一脸的口水："不管你有什么阴谋，我都不会让你得逞的！有种你把我也关起来！"

雇佣兵总首领擦了擦脸，假装思索了一下，接着面露凶相："好哇，听你的。"

还没等少女反应过来，四周突然落下一个钢化玻璃罩，地台随即升起，变成了一个移动囚禁室，将少女困在其中。少女气愤至极，敲打着钢化玻璃的围栏，大喊着："我要见我爸！"

雇佣兵总首领又假装思索了一下，继续坏笑："好哇，听你的。"

不一会儿，几个彪形大汉推进来另外一个移动囚禁室，仁伯安静地蜷坐在里边。看见少女，他也只是默默地摇了摇头，暗示她不要以硬

碰硬。

少女依旧不能理解，开始据理力争："可是这里真的对我们没有任何威胁，我们为什么要动用武力？"

雇佣兵总首领说："因为在人类的历史上，所有新政权的建立都是用武力换来的，无一例外！"

说罢，他按下桌前的按钮，临时指挥部旋转上升。透过两只龙眼位置上的巨大玻璃窗，可以看到外面集结完毕的人类雇佣兵和军用机器人部队，他们改造了机器丛林里机器猛兽的系统，将它们整编成了各自的铁甲坐骑。队伍浩浩荡荡，蓄势待发。

雇佣兵总首领回头对少女自信地威胁道："给你最后一次机会，告诉我那个少年的位置坐标。现在，我当你和仁伯还是自己人，跟着我，我会让你成为世界的女王。"

少女内心忐忑不安，她为少年担心，嘴上却十分坚定："你休想从我这里得到任何信息，他们在非常隐蔽的地方，等你找到他们，他们早已带着核心技术走了。"

雇佣兵总首领呵呵地冷笑了一声："不识抬举。"

他挥手叫来塞隆副首领，递给她一个追踪仪："在我们登陆前，我给那孩子戴的那枚雇佣兵徽章其实是个微型定位追踪器，为了避免被发觉，我一直没有激活它。"

塞隆副首领心领神会地接过追踪仪："只要是在南极洲范围内，激活追踪器并发现坐标后，我们不到三分钟即可抵达。"

雇佣兵总首领的目光锐利无比，闪动着欲望之光："行动！"

此时，I 正拉着少年，他们和人造小猴子、熊猫机器人已经乘坐观光电梯登上了 I 曾放飞无人机的那个莲蓬形观景平台，莲蓬形观景平台底部根茎状的巨型液压伸缩管托着平台持续上升，抵达了万米高空。

天刚蒙蒙亮，少年站在机甲莲蓬观景平台向远方眺望，整个机乐世界的版图尽收眼底：从位于机器丘陵地区的人需国到被机器丛林环绕的逍遥国，再到位于湖海地带的罗汉国，最后是被林立的群峰包围的光寿国，机器科技美学与自然冰川风光融为一体，堪称名副其实的人造天堂。

I 满怀仪式感地张开双臂："我愿以此换取人类与机器人类的和谐共处。"

少年也为眼前壮丽的景色所震撼，他心潮澎湃却又黯然神伤："就怕人类想要的不止这些。"

I 说："我知道，所以我还准备了一个神秘的礼物送给你们，就是刚刚完成的第二代超级仿生机器人。"

少年说："就是我们刚进来时你正在擦拭的那个？"

人造小猴子突然打断他："你衣领上的是什么，我怎么感应到了追踪器的信号。"

少年忙翻开衣领，取下了那枚雇佣兵总首领送给他的徽章。徽章内侧有一个极小的不起眼的微缩天线。少年无辜地解释："这是我和雇佣兵总首领第一次见面时他给我戴上的。"

人造小猴子拿过徽章简单地看了看："定位追踪功能是刚刚开启的，我们最多还有三分钟的时间。"

I 却不以为然："让他们来呗，有了定位来得可以更快些，我通知大家收拾一下。”

少年大惊失色，抢过徽章，将它踩得粉碎：“来不及多解释了，请赶快带着这里的机器人公民撤离！”

I 感到很诧异：“为什么？我做了十年人类行为学分析，我知道一切都会以最终利益驱动，但这里的所有都会拱手相让，怎么会有问题？”

少年说：“这次来的是雇佣兵军队，不是旅游团。我太了解他们了，他们一定会不由分说先炸平这里，占据了军事上的主动后，才会谈判。”

I 并不理会，自顾自用内线通信系统给所有的机器人公民发送消息，神情充满企盼和兴奋。

少年拉着 I，却发现根本拖不动他，急得直跳脚：“听我的，快走！你不是人类，你不会理解的！”

熊猫机器人点头补充：“我觉得这小伙子说得对，我的家就是这么不由分说地被毁了。”

人造小猴子也劝 I：“确实，非试这一下确实没必要，你又不是人类，操这心干吗？”

I 却突然情绪激动：“我是！”

见大家吓了一跳，I 自知失礼，于是低下头，喃喃自语：“我是人类！”

I 轻轻地叹了口气：“不瞒大家，在这里的每一位机器人公民都可以随时休眠进入极乐梦境。我们大脑芯片内储存的海量数据和情景可以让我们随时随地开心与幸福，我们的‘颤定神经元技术’可以让我们体验到人类自诞生以来从不曾体验过的极致快感和高维乐趣。你们所看到的‘吃喝玩乐’只是我们在模仿和学习人类的课程。”

见众人不作声，I继续补充："我们有着比男欢女爱时还强烈百倍的神经元模拟刺激系统，我们不需要生育子女，因为我们可以置入数字DNA（脱氧核糖核酸）随意制造下一代。我们的能源来自太阳能、风力、天然气，甚至空气等各种自然资源，我们想要任何东西都可以自给自足，或是在休眠梦境中体验。我们没有虚荣心和攀比心，有了新的系统大家都会一起升级，所有的信息也都会第一时间同步。我们连对时间的感知度都可以任意调节，你们的一天对我们来说，可以是一年、一百年，甚至一万年。"

I突然有些失落："事实上，我们已经相对达到了无欲无求的境界。"

少年忍不住插话："你们内在如此充盈与快乐，为什么还要接触和学习并不快乐的人类呢？"

I说："正因如此，我们才始终无法进步。生老病死，欲求不得，爱憎别离……我们都无法体会。当麻木的快乐日复一日地简单重复，我们已经不太清楚生命和生活的意义。而人类则是生死有命，苦乐参半，爱恨情仇……所以，我们之中有小部分智识相对较高的机器人公民，提出了与人类建交的大胆计划，如果可以与人类一同生活，至少也可以体会欲望和恐惧这种东西带来的生存动力，虽然有风险，但我们愿意赌一赌。"

熊猫机器人不免好奇地问："你说这里居住的只是一小部分机器人公民？"

"来了！"I突然略带兴奋又紧张地喊道。

众人这才注意到，远处空中，龙形洲际飞船在晨光朝霞中悄无声息地飞来，后面跟着一队鹤形歼击机和两队蝠形飞行器，静谧中带着杀气。

下方，机器松林上空已是尘烟滚滚。人类雇佣兵开着坦克装甲，军用族机器人士兵驾驶着改造程序后的机器野兽和机器猛禽，在白脸机器人军阀的带领下浩浩荡荡地奔着光寿国而来。

少年又慌又怕却又无能为力，他头皮发麻，双腿发软，不停地挠头自言自语：“怎么办？怎么办？要是仁伯会怎么做……”

这时，在光寿国的边境线处，仿生机器人公民都在列队相迎。数千颗仿古迎宾礼炮轰鸣，绚丽的迎宾礼花在空中绽放着，白日焰火组成了“欢迎”的字样，仪式感十足。观景平台上的众人都在向下张望，紧张地等待人类雇佣兵的反应。

突然，从远处射来一颗龙鳞状的飞碟炸弹，直接炸断了莲蓬观景平台的升降管道，平台瞬间倾斜颠覆，众人坠落下去。

机甲莲台从远处飞来，接住了人造小猴子，托着他缓缓下降，熊猫机器人在空中急忙护住少年，和满脸疑惑不解的 I 一起自由落体，摔进了下方积雪较厚的雪坡。

紧接着，一颗又一颗龙鳞形状的飞碟炸弹从龙形洲际飞船的船身依次盘旋射出，鹤形歼击机和人类装甲坦克也开始了疯狂的远程轰炸。

致命的炸弹就这样穿过空中还未消散的礼花，落入了毫无防备的光寿国境内，一个接一个地爆炸，宛如一群顽皮的孩子跃入了平静的水池。

晶莹剔透的霓虹冰山大厦顷刻崩塌，来不及躲避的仿生机器人公民瞬间被掩埋。一座座冰雪雕塑和建筑被炸成漫天冰花，徐徐飘下。灰黑色的硝烟在升起的过程中由于被气化的冰碴儿覆盖而变成了青白色。比起机器丛林，这次的攻击更加迅猛集中且杀伤力巨大。

可是光寿国的这些仿生机器人公民却并未组织反击，他们互相帮助，从残骸中拉出同胞，接着跳入大海中快速逃离了现场，一个个如惊弓之鸟或漏网之鱼，很快消失得无影无踪。

轰炸过后，人类雇佣兵和机器人士兵大部队攻进光寿国城市中心，迅速控制了局面。龙形洲际飞船缓缓降落，雇佣兵总首领慢慢走出飞船，一跃而下，坐在了白脸机器人军阀的左肩上，皮特副首领托着一个磁悬浮投影仪，指了指科研中心的方向，那是少年和 I 坠落的地方。

第三节

无爱无恨

在科研中心的废墟中，之前一直在外留守蓄能的红脸机器人因躲避及时而未受伤害。他胸口屏幕上的进度条显示意识已经恢复到 85%。

他从雪堆中拉出了熊猫机器人、少年和 I。人造小猴子也慢慢地落下来。大家各自清理了身上的残雪，看了看周边残破的环境，你看看我，我看看你，都摇头叹息着。

这时，科研中心巨大的断壁上投影出了沙漠厂区医院的影像。影像中，黑人厂长、厂长妹妹和机器人医生高举双手，一群雇佣兵用枪指着他们的头，后面是正在做手术的少年母亲。这是皮特副首领用磁悬浮极清投影仪投射出的实时画面。

少年紧张地下意识喊道："妈！" I 也紧张地抬起了头，因为他知道，那也是他的妈妈。

雇佣兵总首领坐在白脸机器人军阀的肩膀上霸气走来，身后的塞隆副首领押着少女和仁伯，气势汹汹。

"交出 I 和意识转换技术，换所爱之人一条生路！"雇佣兵总首领用命令的语气对少年喊道。

见少年一脸错愕和无助，雇佣兵总首领知道他根本没有话语权，于是满脸嫌弃地骂道："废物！"

他转头看向 I："我没猜错的话，你就是 I 吧。无论你脑内是谁的意识，我想你应该都不希望投影中的这个女人有事吧？”

I盯着投影中少年的母亲，一股暖流充斥着周身，那是从来不曾体会过的幸福感。I的眼中不知不觉地闪烁起光芒，那光芒未曾出现过，连I自己也很诧异，但他享受这种感觉。熊猫机器人、人造小猴子和红脸机器人一时间愣住，由于事关重大，谁也不好给出意见。

白脸机器人军阀把少女和仁伯推了出来，语气咄咄逼人：“交出意识移植技术换所爱之人一条生路，否则别怪我大开杀戒！快点给我答复！”

少年和I互相看了看对方，又看了看投影中的母亲，毅然决然地异口同声：“没问题！”

I正想说话，少年怕I把底线和盘托出，赶紧拦住他。

少年鼓起勇气，说：“我们可以把设备和技术都交给你们，I也可以辅助和帮助你们进行意识移植，但你必须让我母亲安全完成手术，还要把少女和仁伯也放了，更不许再滥杀无辜！”

雇佣兵总首领哈哈大笑：“识时务者为俊杰，你们两个小毛头可不许耍花样！”说罢，皮特副首领把投影仪扔给了I，塞隆副首领也把仁伯和少女推向了少年。

I打开投影仪，神情专注地观看正在做手术的母亲，同时指了指被冰雪覆盖的科研中心残骸，对雇佣兵总首领说：“你们要的都在里面，这点攻击强度应该也伤不了那些设备，你们人多，自己挖吧。”

听着I漠不关心又无所顾虑的语调，雇佣兵总首领虽然不是很舒服，但也顾不上那么多，立刻派人前去清雪。

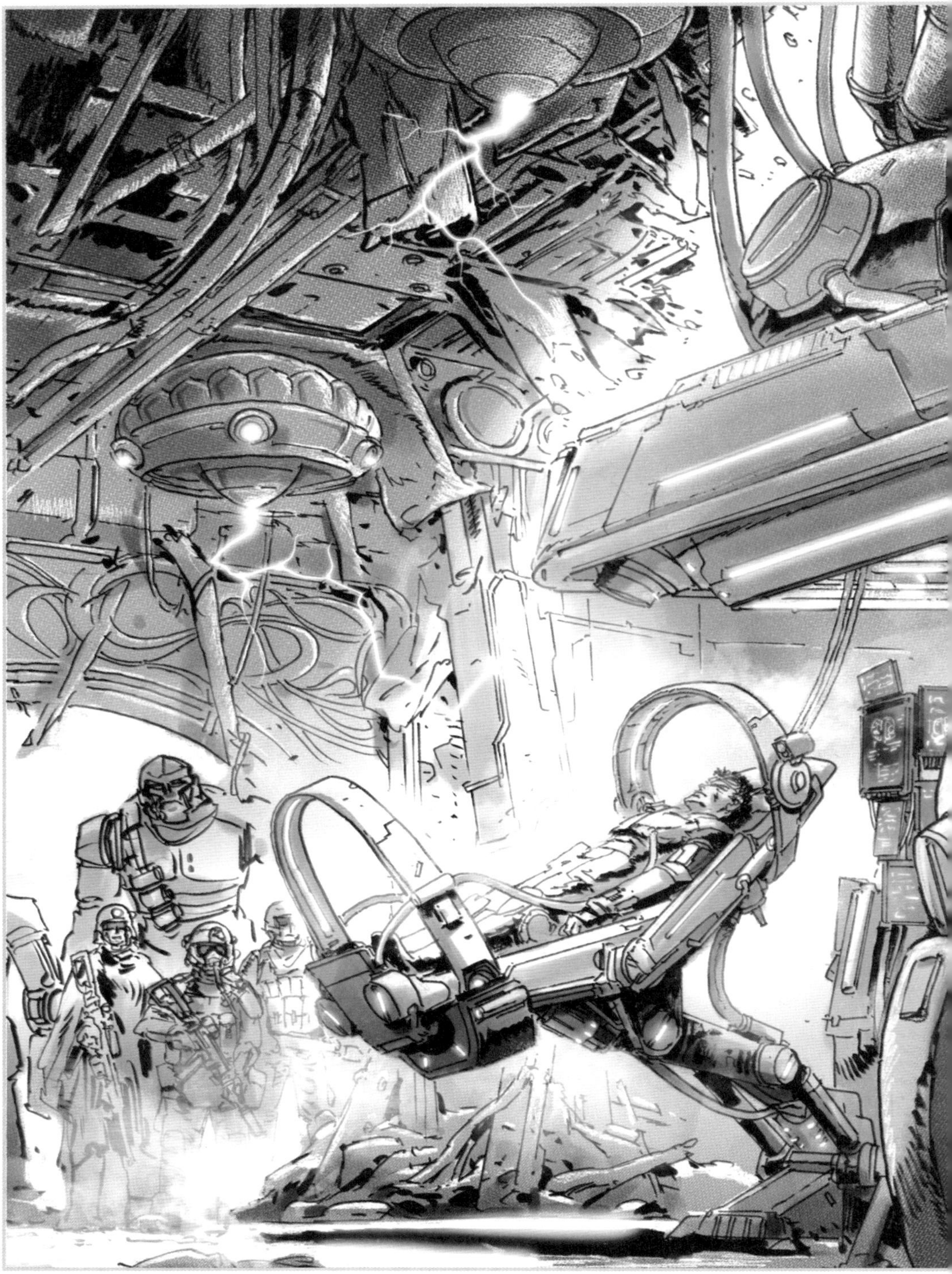

少年向仁伯简单地介绍了红脸机器人、熊猫机器人和人造小猴子几个新朋友，又简单复述了之前发生的事情，仁伯心事重重地点了点头。少年时不时偷瞄几下少女，模样腼腆又可爱。少女则紧锁眉头思考着对策。

很快，积雪和残骸被人类雇佣兵清理干净，I 头也不抬地轻搓大拇指上的隐藏按键，那个地下实验室又从废墟中缓缓升起，各种高科技设备智能弹出，展露无遗。

人类雇佣兵为如此尖端的前沿科技惊叹不已，即使见多识广的行家仁伯也目不转睛。他们都看得出来，这里随随便便摆放的一个器皿，其材质都能领先人类现有科技至少二十年。

仁伯注意到那个装有第二代仿生机器人的培养皿，和雇佣兵这些武夫不一样，他一眼便知此物非比寻常。

雇佣兵总首领和白脸机器人军阀贪婪地凑上前来，就像海盗遇见了还未打开的、装满了宝藏的箱子一样，既兴奋又焦急。雇佣兵总首领继续以少年的母亲为要挟，让 I 和少年来操作设备，又派汤姆副首领亲率人类雇佣兵机动部队专门看守熊猫机器人、红脸机器人、人造小猴子、少女和仁伯。

“我们瞒不了五大财阀多久，必须速战速决。我们第一批特种部队先进行意识移植，你带着第二批机动部队先守着，如果 I 和那小子耍花招，就杀了他妈妈和其他所有人。”雇佣兵总首领对汤姆副首领交代道。

接着，他和白脸机器人军阀一声令下，人类雇佣兵的特种部队和与之配对的军用族机器人士兵列成两队，一对一整齐地排列在科研中心门前的大广场上。

少年按照 I 的指示，为列队的所有人和机器人在额头上连接意识移植转换器，转换器之间是像血管一样精细繁复的半透明数据线。

雇佣兵总首领和白脸机器人军阀一组，由 I 亲自操作，将双方的意识移植转换器连接稳妥。

I 轻触自己喉咙部位的开关，声音立刻像洪钟般响亮。他向众人宣告须知："我们首先要进行的第一步是将人类的蛋白质身体波频与机器人的金属身体波频调成一致，我会尽量以人类的能量波频为基础去调节机器人一方；第二步也就是最难的一步，是要求人类一方尽力屏除杂念，放空自己的思绪，让意识尽量维持在至少 7 秒钟的相对高频且平稳状态，切忌胡思乱想。"

雇佣兵总首领忍不住发问："能不能具体形容一下那是一种什么样的状态？"

I 认认真真地想了许久，掷地有声地说了四个字："无爱无恨。"

没有人再说话，大家都深呼吸，默默体会着 I 的话。

见大家准备就绪，I 按下了意识移植转换器的开关，智能系统立刻开始预警："警告！部分人类意识波频指数过低，请中止移植，若强制移植，可能引发狂躁、抑郁或记忆损失等后遗症。"

I 立刻拿出类似镇静剂的药品，依次寻找转换器上亮起红灯的人，为其注射。可令 I 没有想到的是，镇静剂并没有起到太大的作用，在这些杀红了眼的人类雇佣兵的深层意识中，早已根深蒂固地刻录了烧杀抢掠的影像，这些负面影像造成他们的意识能量振频值过低。

白脸机器人军阀和雇佣兵总首领的意识移植转换器上一直亮着红灯，但雇佣兵总首领咬着牙，不顾一切地说道："继续！不许停！"

朱莉副首领、皮特副首领、塞隆副首领和特种部队的其他雇佣兵们也都咬着牙，异口同声道："不许停！"

无奈之下，I 只好将转换器的自动操作系统关闭，开启了手动操作模式，并按下了"强制转换"的按键。原本寂静的光寿国上空传出了第一批特种部队雇佣兵震耳欲聋的号叫声。短短的一分钟，却像是过去了一整个世纪。

接着，第一批雇佣兵和四位首领缓缓从地上起身，昏昏沉沉地看着自己的身体。白脸机器人军阀和机器人们也站起来，尝试着攥紧双手再舒展开，抬起大腿再放下，测试着轴承韧性。

此刻，雇佣兵总首领脑内已是白脸机器人军阀的意识，他兴奋地大喊："成功了，我是人类了！"白脸机器人军阀脑内已是雇佣兵总首领的意识，看着自己高大魁梧的机甲身躯，他仰天长啸："我终于可以长生不老了！"

其他人这时也反应过来，开始欢呼雀跃，人类雇佣兵们的脑内已是军用族机器人的意识，他们有的不停跳跃感受呼吸，有的捶打自己感受疼痛，有的播放刺激性录影感受心跳；而军用族机器人士兵们的脑内已是人类雇佣兵的意识，他们也兴奋地测试着机器身体的各种超越人类肉体极限的性能和各类武器装备。

雇佣兵总首领（脑内已是机器人军阀意识）来到白脸机器人军阀（脑内已是雇佣兵总首领意识）身旁，他伸出右手："大功告成，合作愉快！”

白脸机器人军阀却冷冷地看着雇佣兵总首领，魁梧的机甲阴影笼罩过来，杀气腾腾。雇佣兵总首领这才发现自己的武力值已经无法保护自己，在察觉到异样的气氛之后，赶紧缩回右手并行了个鞠躬礼："那个，可不可以借我们一些交通工具，我们也好找个地方安度余生。"

意识移植转换后的白脸机器人军阀还在感受和熟悉自己新身体的力量，轻蔑地回复："好哇。"雇佣兵总首领赶紧识趣地带着手下的第一批雇佣兵（脑内是第一批军用机器人意识）匆匆登上最近的一艘蝠形运输飞行器。

另一边，在汤姆副首领的看守下，少女陪仁伯坐在台阶上用眼神交流信息分析形势，红脸机器人的记忆已经恢复到90%，人造小猴子安静地打坐，闭目养神，熊猫机器人则百无聊赖地坐在废墟上，愤愤不平地盯着满载特种部队雇佣兵的蝠形运输飞行器徐徐起飞，逃之夭夭。

在蝠形运输飞行器内，雇佣兵总首领也长舒了一口气。他打开窗，贪婪地吸着空气，感受风吹在脸上的清凉，难掩心中兴奋，还不忘挥手向大家告别："战友们，再见了！"

白脸机器人军阀却阴冷地一笑："嗯，再见了。"

话音未落，只见白脸机器人军阀迅速举起右臂，发射了一枚威力巨大的粒子炮。炮弹甩着冷白色的烟尾，将雇佣兵总首领和特种部队雇佣兵们所乘坐的那艘蝠形运输飞行器在空中轰成了一朵"礼花"。

紧接着，其他经过意识移植的机器人士兵（脑内是第一批人类雇佣兵意识）也举起手中的武器，将所有蝠形飞船都无情炸毁。昔日的战友没有了利用价值，瞬间变成了可有可无的烟灰。

开了杀戒的第一批机器人士兵似乎受到意识移植副作用的影响，出现了狂躁的迹象。他们的机器瞳孔扩张，眼珠乱转，身上的装饰灯也都由青蓝色变成了猩红色，并开始不分敌我，肆意地猎杀未进行意识移植的其他机器人和人类。

更可怕的是，那些被篡改了程序成为坐骑的机器猛兽，因为和第一批军用族机器人主人的神经元建立了指令联系，导致被无辜牵连，也开始发狂，个个横冲直撞，破坏力惊人。未进行意识移植的人类雇佣兵和机器人士兵见此情景吓得四散奔逃。

看管少女和仁伯的汤姆副首领也险些被流弹误伤，赶紧丢下人质率队去找掩体躲避。现场乱作一团，一时间分不清谁是敌人谁是自己人，也分不清谁是人谁是机器人，剩下的唯有赤裸裸的弱肉强食。

I 也被眼前的景象吓得不知所措。少年凑了过来："怎么样，这回相信我说的了吧！"

I 呆呆地望着前方："其实，我也猜到了，最坏的结果……"

少年也不再争辩，反而目光中闪烁着一丝灵动："过去的事就算了，我们现在要想办法扭转局面。"

I 摇了摇头："我和咱父亲把这里所有机器人的基因程序早已设定为永远不得伤害人类，我们视人类为生身父母和造物上帝，宁可自毁也不会伤害他们。"

少年却流露出自信的笑容："那如果他们不再是人类了呢……"

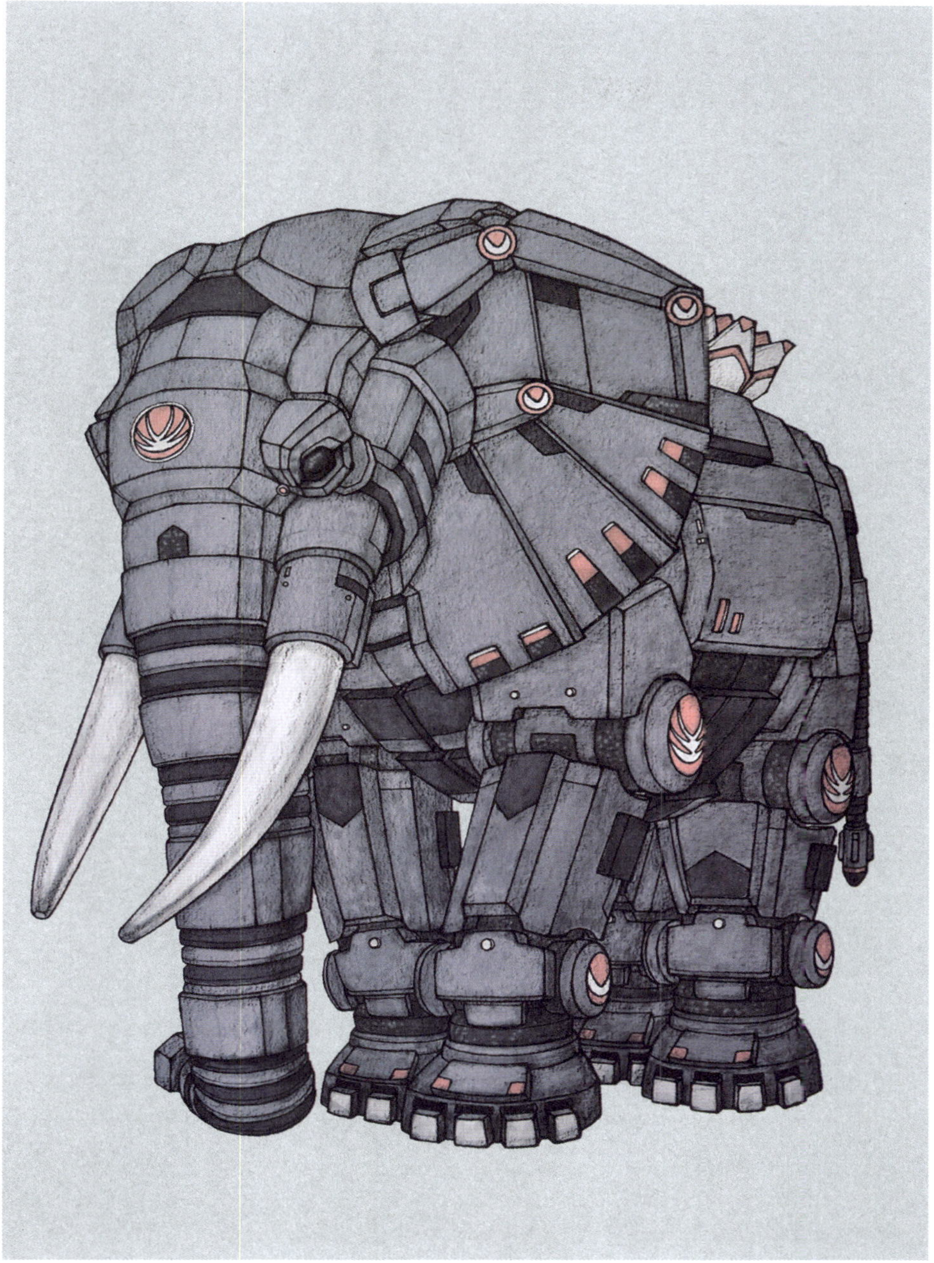

机器大象

机器公牛

机器霸王龙

第五章

AI 与爱

第一节

A、I

眼看硝烟再起，少年激情四射地拍了拍 I 的肩膀："快！就是现在，这些发狂的机器人也都是你升级改造的，你肯定有让他们全部暂停或死机什么的操作按钮吧！快！"

I 眨了眨眼，思索了好一会儿，才缓慢地说道："那是什么？"

少年瞬间僵住了："你做事就从来都不防着点人，或是留点后路啥的给自己吗？"

I 摇了摇头表示不懂，但少年仍不死心："好吧，那你是咱父亲倾尽毕生精力打造的绝世机器人，比钻石还贵的弹性金属都用上了，不可能没有必杀武器，快使出来吧！就是现在！快！"

I 满脸委屈："我，我不会打架……父亲应该是关闭了我的武器系统，承载了婴儿时的你的意识后，这个躯体就一直拒绝长大，自然就无法启动成年人才有的战斗模式。"

少年叹了口气："我以为现在的我就够弱了，没想到原来的我更弱。"

无可奈何之下，少年只好使出最后一招，他让 I 给红脸机器人、熊猫机器人和人造小猴子发送了内线信息："敌人已经不属于人类，可以反击。"

废墟掩体内正在梳理毛发的熊猫机器人收到内线信息后，眼前一亮："是呀，我们的程序和誓约是不伤害人类，但现在他们已经是机器

人了，岂容他们在此作妖！”身旁的红脸机器人（意识恢复到 97%）听到可以反击，立刻怒发冲冠，拎起机甲大刀，话都懒得说，直接冲向战场。熊猫机器人也开启战斗模式，紧随其后奔向那些发狂的机器猛兽。

少女为仁伯装配好了武装防护轮椅，在征得仁伯同意后，也奔赴战场。少年担心少女安危，也鼓起勇气冲上前线。他先是捡起了一把镭射枪，却因指纹不匹配而无法解锁；他又找到一把激光剑，却发现根本举不起来；最后，他在身旁找到散落的一把用于拍卖的古董菜刀。犹豫再三，少年还是捡起菜刀，傻愣愣地冲向战场。

红脸机器人和白脸机器人军阀终于正面相遇，展开了旷世决斗。已经是雇佣兵总首领意识的白脸机器人军阀拥有了更加丰富的战斗经验，也加入了很多只有人类才会用的暗黑招式。红脸机器人则大梦初醒，心无旁骛，战斗力也是有增无减。

两个都是超重量型选手，决斗堪称人间杀器的巅峰对决。白脸机器人军阀庞大魁梧，抗击打、耐磨损，攻击面积大，红脸机器人的身材紧致，比例完美，攻击灵活、多变，力度大。两人你来我往，拳拳相对，摩擦得火花四溅，一时间难分高下。

少年拎着菜刀游走在这两位钢铁巨人激战的间隙中，躲避着打斗掀起的断垣碎片，无意间来到了机器公牛群的战场。承载塞隆副首领意识的机器人兵长驾驶着霸王机器公牛，摧枯拉朽地冲着少年奔袭而来，少年却举着菜刀不知如何应对。

关键时刻，一只机器熊掌横空切出，抵住了机器公牛角。来者正是熊猫机器人，他一边与机器公牛角力，一边示意少年骑上自己的后背。

紧接着，熊猫机器人使了一招借力使力，将奋力前推的机器公牛顺势拉倒，关闭了机器公牛的开关。跟着失重摔倒的塞隆意识机器人兵长还未反应过来，也被熊猫机器人扭断了颈部中枢传感器。随后，熊猫机器人又用一系列太极推手以柔克刚，在尽量不伤害对手的前提下与各种各样的机器猛兽周旋，惊险刺激得令人目不暇接。

少年骑在七米多高的熊猫机器人背上，被晃得天旋地转。这时，一只巨型机器大象强势突围，正撞在熊猫机器人身上，少年一下子没抓住，从他背上滚落下来，瞬间被其他机器人士兵团团围住。

正和已是朱莉副首领意识的机器人搏斗的少女见到少年被困，虚晃一招，跳进了包围圈，挡在少年身前。

承载皮特副首领意识的机器人驾驶着机器老虎蹒跚而来，机器老虎张开血盆大口，摆出了攻击姿势，朱莉意识的机器人骑上一只机器巨鹰，在空中盘旋，随时准备俯冲。

见情况危急，少年大吼一声给自己鼓气。他将菜刀丢给少女，深吸了一口气，再次摆出了之前与少女开玩笑时的童子功武术姿势。

但少年这次却神情严肃，姿势正规，打出了一套漂亮的连环招式。面对着敌人，少年视死如归地大吼一声：“我是 A！请记住我的名字！”

机器老虎似乎真的被吓住了，连连后退；朱莉意识的机器人和机器巨鹰也瞪大眼睛，畏而不前；就连在一旁对战的其他机器人士兵也被吸引，望向这边。

少年也没想到自己的这套拳竟然这么有威慑力，正在暗自得意，却发现背后有一个硕大的影子在慢慢遮住自己。

少年一回头，这才恍然大悟，原来大家惧怕的是悬浮在他身后的威猛的大圣机器人。只见大圣机器人利用身上数十个大大小小的航空喷射器悬在半空，两条机甲翎羽随风摆动，翎羽最前端的探测器计算着敌军的人数和方位。接着，大圣机器人的全息投影披风一抖，以迅雷不及掩耳之势冲向敌人。

大圣机器人从全身各个部位发出数颗制动弹，瞬间击倒了围住少年和少女的机器人士兵。紧接着，他抽出可伸缩的机甲巨棍，一棍扫去，正抽在机器猛虎的屁股上，直打得机甲虎屁股稀碎。虎背上的皮特机器人也被震得鼻歪眼斜，关节和零件错位，重重地摔倒在地，动弹不得。

这一波操作吓得机器巨鹰如惊弓之鸟，仓皇后退，大圣机器人则一个火箭助推加速，瞬间来到了机器巨鹰身后，单手抓住机器鹰尾，像扔铁饼一样将机器巨鹰直接砸向了正在与熊猫机器人角力的机器大象。

轰的一声巨响，机器巨鹰的头直接插进了机器大象后颈处的中控系统，机器大象和机器巨鹰应声倒地，朱莉意识的机器人双脚被卡死在机器巨鹰和机器大象之间，也动弹不得了。

大圣机器人掸了掸自己身上沾染的灰尘，又朝远处白脸机器人军阀发了两颗飞弹，帮助红脸机器人化险为夷并顺势完成一记绝杀反击。原本胶着的战况瞬间逆转。远处，第二批未进行意识移植的人类雇佣兵都躲进坦克装甲车“躺尸”观望，不敢轻举妄动，而因没有进行意识移植而愤愤不平的汤姆副首领则带着几个人类雇佣兵，在科研中心废墟处找到了I。他一副凶神恶煞：“就是他，我监听了五大财阀的上层会议，他手里还有宝贝，抓住他！”

I 不清楚对方身份，只觉得并非好意。他连连后退，不小心被碎石绊倒在地。

危急关头，一直病恹恹地躲在废墟后的仁伯坐着轮椅出来了，他低声对手环上的语音系统说了一句："是时候出手了！"接着，他按下按钮，轮椅瞬间弹射开合，变成了一身外骨骼盔甲，武装了仁伯。借助外骨骼盔甲的力量，仁伯气场十足地来到汤姆副首领和那几个雇佣兵面前，使出了几招擒拿术。几个回合下来，潇洒利索地击倒了这几个雇佣兵和汤姆副首领。

不料，仁伯把汤姆副首领击倒的同时，却把轮椅上的配枪也掉落在地，汤姆副首领捡起枪，气急败坏地朝毫无防御准备的 I 放了黑枪，子弹旋转着飞向了 I。

"砰"的一声，子弹打中了某个血肉之躯，原来是仁伯利用轮椅的应激反应功能迅速将自己弹出，挡在 I 的前面。子弹穿透他的胸膛，殷红的鲜血从胸口和后背慢慢溢出。

I 连忙跑过来，见到有人为自己挡子弹，第一次手足无措，赶紧上前抱住仁伯："我，我不怕子弹的！你为什么救我！"

仁伯奄奄一息，露出了招牌慈祥笑容："你还小，不会明白的……"

I 从没有经历过这种事，想要哭泣，却发现金属泪腺内并没有眼泪，只好郑重地举手承诺："你不会有事的，我不会让你有事的！"I 将仁伯的外骨骼盔甲变回磁悬浮轮椅，推着仁伯来到废墟深处，并按下自己心口上的智能按键。

科研中心废墟中缓缓移动过来一个莲苞形培养皿，里面正是之前 I

精细擦拭的那个蜷缩起来的第二代仿生机器人。

他按下启动键，第二代仿生机器人从蜷缩状态舒展开来，渐渐露出了真容：模仿真人皮肤质感的弹性金属在远处战火的映衬下泛着金光，完美的身体比例和肌肉曲线尽显成熟男性的魅力与体魄。

虚弱的仁伯也不禁被这绝世宝物所震撼，不由自主地发出赞叹："你真的做到了！这才是五大财阀和人类的终极梦想，是我和艾生博士终其一生也无法突破的科研瓶颈，而你……"

就像一个被认可的孩子一样，I被夸得美滋滋的："那，您直接试试吧！放心，这个机器人没有自我意识，也不会有排斥反应和后遗症。这是我专为人类打造的升级样板，仅此一件，本来是想作为建交的礼物……"

由于失血过多，仁伯似乎已经进入了昏迷状态，没再说话。

见状，I立刻给仁伯连上了意识移植转换器，毫不犹豫地开启了所有辅助设备，并按下了仁伯与第二代仿生机器人进行意识移植的按钮。

另一边，广场上已经满目是激战过后的疮痍景象。机器人士兵、机器动物和人类雇佣兵们死的死，伤的伤，歇的歇，藏的藏。白脸机器人军阀战败，他躺在地上，体内的发动机轰鸣着冒着火花，腹部被插进一把十米余长的机甲大刀。旁边，红脸机器人也是伤痕累累，他的左臂断了，单膝跪在地上，胸口的屏幕进度条显示意识已经恢复到98%。不远处的熊猫机器人也筋疲力尽。他身边堆满了各种被制服的机器猛兽的庞大躯体。空中，大圣机器人虽满身烟熏战损，却依旧披风飘逸。人造小猴子打开了头部的驾驶舱门透气。

突然，大圣机器人头上的机甲翎羽开始急促地小范围摆动，并最终指向了北方。人造小猴子眉头一皱，瞄了一眼北面的机器松林，果然有异动。

这时，机器松林内百鸟惊飞，随着一声熟悉而又令人胆寒的嘶吼，一个巨大的暗影撞开数棵机器松树粗壮的树干，冲出松林，风驰电掣般呼啸而来。

少年和少女认出来了，正是那只二十余米高的机器霸王龙！

人造小猴子连忙返回驾驶舱，匆忙地驾驶大圣机器人前去拦截，却因低估了机器霸王龙的反应能力，被一尾巴扫出千里之外。机器霸王龙直奔离它最近的红脸机器人而来。见状，红脸机器人赶忙上前单臂拔出插在白脸机器人军阀腹部的机甲大刀，疼得白脸机器人军阀“啊”的一声苏醒过来。

不料，红脸机器人的大刀刚拔出一半，机器霸王龙已经来到近前，又是一个豪华遒劲的甩尾，机甲大刀又被重新推回机器人军阀的腹部，疼得白脸机器人军阀“嗷”的一声又短路昏厥过去。

机器霸王龙顺势咬向红脸机器人，却感到身后猛地一沉，原来是熊猫机器人从后面千斤坠一样压抱住了它的尾巴，机器霸王龙失去平衡差点摔倒。

红脸机器人抓住时机再次从白脸机器人军阀腹部拔出机甲大刀，白脸机器人军阀已疼得不再喊叫，认命又倔强地咬紧牙关，憋着最后一口气爬离了现场。

红脸机器人抡圆了机甲大刀劈向机器霸王龙，正砍中它的头部。不料，机器霸王龙的脑颅骨是由高碳合金实心压铸而成，机甲大刀深深嵌入机器霸王龙的合金头骨，却并未破坏其中控系统神经元，反而令其更加狂暴。

它张开巨口，一下咬住了红脸机器人的断臂，直接将红脸机器人摁倒；又启动了大腿和尾根部的液压系统，竟活生生地用尾巴把数吨重的熊猫机器人高高举起，并向下用力，正砸在红脸机器人身上，“人仰熊翻”。

机器霸王龙仰天长啸，用力一甩头，把头上的机甲大刀甩出老远，却不偏不倚又插中了正努力爬离战场的白脸机器人军阀，白脸机器人军阀生无可恋地惨叫一声，再次昏死过去。

怒气未消的机器霸王龙环视四周，发现了已是“老相识”的少年和少女。似乎是之前的怨气涌上了心头，它直冲着少年和少女奔来，少年虽被吓得已经忘记该迈哪条腿逃跑，但还是下意识地把少女挡在身后，嘴上还硬气地安抚她：“不用慌！这里所有机器生命的基因程序都被设定不能伤害人类，既然上次它没办法咬到我，那么这次应该也不例外。”

少女将信将疑，她预感不妙，看了看少年：“虽然不知道为什么，但我希望你能好好的。”

少年像盯着死神一样盯着狰狞的机器霸王龙，哆哆嗦嗦地说：“你，你不嫌弃我是个胆小鬼？”

少女所问非所答地突然发难：“你是不是喜欢我？”

还未等少年回答，机器霸王龙已经进入了攻击范围，这次，它居然没有像上次那样用嘴撕咬，而是极具智慧地一个急停转身，用杀伤面积最大的机器尾巴横扫过来，这让少年和少女猝不及防，想躲避已经来不及了。

千钧一发之际，少女使出浑身力气，揪住少年的衣领，就像之前在卡车里的姿势一样，将少年直接甩到八丈开外的雪堆中，而自己却被机器霸王龙的尾巴结结实实地拍倒。巨大的冲击力将少女撞进了残墙背后，生死未卜。

少年从雪堆中爬出，不敢相信眼前的一切："它怎么可以攻击人类？"

机器霸王龙显然意犹未尽，毫不犹豫地再次奔向少年，一副赶尽杀绝的气势。

机器霸王龙这次是直接张开巨口咬来，一股强烈的生锈的齿轮和机油的腥臭味扑鼻而来，钛合金不锈钢铸造的巨型钢牙上依稀可见过度咬合而造成的磨痕。

少年望着少女的方向，所有不甘、委屈、遗憾、担忧同时涌上心头，他人生第一次极度渴望活下去，至少可以报仇，至少可以再看一眼自己心爱的朋友是生是死。

他心如死灰地闭上了眼："如果有下辈子，我一定不会再懦弱无能。"

机器霸王龙无情地合上了巨口。

可就在霸王龙的牙即将碰到少年的刹那，一根十余米长的机器巨棍从远处飞来，精准刺进了机器霸王龙金属头颅上的中控操作系统，时机和力道都恰到好处。远处，大圣机器人正从抛掷的姿势慢慢回身站了起来。

原来，大圣机器人被扫飞之后，并未着急赶回来，人造小猴子一直在远处暗中观察，他发现机器霸王龙的攻击方式有异样，而且可以攻击人类，就怀疑有人在操控它，于是找准时机，一招制敌。

被破坏了中控系统的机器霸王龙，头插巨棍，踉踉跄跄，竟不死心，还想负隅顽抗。这时，远处飞来了数颗人类雇佣军坦克的炮弹，把机器霸王龙炸得丧失了抵抗能力，“砰”的一声，栽倒在地。

第二批未进行意识移植的人类雇佣兵从坦克里探出头来，向大圣机器人和少年等人行军礼致敬，表明自己的盟友立场。少年觉得这些人类雇佣军是墙头草，并未理睬他们，而是直奔少女而去。

少年抱起少女才惊诧地发现，少女已经遍体鳞伤的身体竟然在一点点地进行自我修复。纳米机器人充斥在她周身的每一个细胞。她不是一个普通的人，她是介于第一代仿生机器人和人类之间的生命存在。

少年不禁暗自发问：“仁伯既然可以造出少女这样的杰作，却为何不治好自己的残疾呢？”

躺在地上的机器霸王龙身上火光四溅，浓烟滚滚。大圣机器人降落在它身边，拔下了自己的机器巨棍，又敲了敲机器霸王龙的颅顶，那里竟然隐藏着一个驾驶舱的暗门。

“砰”的一声，暗门打开了，从里面狼狈爬出的居然是仁伯的机器人秘书。少年愤怒地冲过去揪住机器人秘书：“怪不得机器霸王龙可以袭击我们，原来是被你篡改了程序。”

机器人秘书的中枢神经系统已经严重损毁，她奄奄一息，语无伦次。少年正要继续逼问，这时，黑人厂长打来了全息通信视频电话，画面中的少年母亲正在被护理，看起来，手术已经做完了。少年看见母亲，立刻接通了视频电话。

黑人厂长擦了擦额头上的汗，说："A，我分析你们应该已经取得了主动权，这些雇佣兵刚刚联系不到他们的金主，已经被我和我妹全都收买了。"他凑近了镜头，神情严肃："可还有一件事很奇怪，就是你母亲已经做完了手术，但她并不是真的得了肺殇，而是被机器人医生在感冒体检时动了手脚，造成了肺殇的病症。做得非常隐蔽，要不是刚才雇佣兵来捣乱，换我亲自做手术，可能很难发现。"

厂长妹妹拎着被揍得七零八落的机器人医生走了过来："他已经自动删除了指令信息，无法查到幕后黑手了。"

黑人厂长接着说："更奇怪的是，这些机器人医生都是爱仁科技公司内部的员工，违背系统守则的事必须是仁伯亲自下命令才会执行，你问问咋回事，是不是又被黑客黑了。"

"我知道了。"少年若有所思地挂断了视频电话，愣了愣神，然后打开了身下机器人秘书的机器脑颅，取出芯片，翻看她的指令记录，而最近的一条指令正是仁伯刚刚发来的："是时候出手了！"少年似乎明白了什么，一脸惊愕。

这时，熊猫机器人扶着断臂的红脸机器人走来，红脸机器人胸口屏幕上的进度条显示其记忆恢复已达到 100%。

"我全都想起来了，我才是仁伯。"

第二节

AI

红脸机器人满眼慈爱地对少年说："我这身躯是艾生博士创造的第一个拥有自主意识的杀戮机器人，也是意识移植技术真正的起源，仁伯阴差阳错地和我互换了意识，所以我才是仁伯，和你们一起前来的'仁伯'脑内其实是一个杀戮机器人的意识。"

看少年似懂非懂，满脸疑惑，红脸机器人又关闭了战斗模式，打开了头部的全息投影。

"你父亲艾生博士，真的是千年难遇的天才科学家，却被资本蛊惑，发明了超智能 AI 战争杀戮武器——红脸机器人，因间接引发了世界大战，锒铛入狱。我和你父亲在狱中相识，当时的我还是仁伯的躯体，已经在战争中受到辐射，身患绝症，无药可救，但你父亲对我不离不弃，照顾有加，他的人品和才华都令我折服。出狱后，我们便成立了爱仁科技公司。那时，战争已进入拉锯阶段，世界局势由五大财阀掌控。

"一天，五大财阀携红脸机器人来找艾生博士，因为他们发现，红脸机器人的 AI 系统经过不断进化，竟然拥有了自主意识。艾生博士欣喜若狂。他不眠不休，终于参透了生命意识与躯体的真相，并产生了一个大胆的想法——发明意识移植技术，让饱受战争摧残的人可以将意识植入机器人体内重获新生。而命不久矣的我便成了第一个实验品。一个雪夜，他终于在我病危之前成功将红脸机器人与我进行了意识互换。

“他救了我，可变成了钢铁杀戮机器的我却一时难以适应，各种副作用也接踵而来，我被抑郁情绪缠身，因而不辞而别去战场麻痹自己。后来，他又发明了白脸机器人军阀。我遭到暗算，中弹死机，被当作垃圾处理并回收到了南极。接着，我遇到了I。”

少年仔细思考了一会儿，重复红脸机器人的话：“这么说，带我们来这里的那个仁伯其实是个杀戮机器人！”

红脸机器人说：“是的，而且他对我那病入膏肓的人类身体很不满意，认为意识移植对他很不公平。艾生博士内心也确实很愧疚，于是决定隐瞒一切，并为他研发新的仿生机器人躯体。”

少年恍然大悟，边想象边默默地点头：“原来如此，可以理解，但怎么会演变成现在这样呢？”

红脸机器人说：“本来，艾生博士计划再研发一个机器人，将他的意识移植回来，可没想到他却对人类产生了浓厚的兴趣。在得知你母亲怀孕后，更是频繁地学习人类繁衍和发展史。最后，竟勾结五大财阀以你们母子的安危为要挟，逼迫艾生博士用弹性金属打造一个和你一模一样的超级仿生婴儿机器人I，并和你进行意识互换。”

少年一脸惊诧：“为什么非要让我们进行意识互换？”

红脸机器人说：“因为五大财阀和他认为，只有用亲生骨肉做实验，艾生博士才会拼尽全力做到最好。事实也证明了仿生婴孩机器人I确实是前无古人、后无来者的绝品。”

少年眼眶渐渐湿润了：“这么说，我叫A，是因为要和I组成AI（人工智能）。”

红脸机器人说："这也许就是你和I注定的缘分和使命，但你真正的名字是Adam，和我女儿Eve指腹为婚，那是我还是人类身躯时和你父亲的约定。"

少年沉默不语，红脸机器人继续回忆："在你和I意识互换成功后，五大财阀对你父亲又开始了第二轮要挟，他们野心勃勃地计划打造第二代仿生机器人军团，以赢得战争的最后胜利，而假仁伯作为世界上第一个变成人类的机器人，也偷偷萌生了更大的野心。"

"什么野心？"少年问道。

红脸机器人说："别忘了，在他脑内的是杀戮机器人的意识，他的诞生就是人类对权力和利益无止境贪婪追求的体现。他要让机器人成为地球的新主人，而他就是新世界之王。"

熊猫机器人也凑了过来："那他好像也没有得逞啊。"

红脸机器人说："是的，他布好了局之后，让艾生博士为他量身研发第二代超级仿生机器人来进行意识移植。艾生博士自知这件事关乎苍生，宁死不从，可无奈自己一家的性命都在五大财阀的掌控之中，于是自编自导了那场著名的发布会生化泄漏事件。最终，正如艾生博士预判的那样，他和五大财阀为保全公众形象，没有杀害毫无用处的你和你母亲，只是将你们流放到了工厂，处于他们的监视之内。而I因为被艾生博士做了特殊的表面处理，逃过了五大财阀的高温焚化处理系统，被当作生化垃圾废料，遗弃到了南极。接下来的事，你们也都知道了。"

少年突然想起什么，怒目圆瞪："糟了，假仁伯在哪里？I呢？"

这时，一个低沉悠然的声音幽幽地从科研中心废墟中传出："我在这儿呢。”

众人回头。只见在远处残垣的浓烟烈焰之中有人影闪烁，正是那个第二代仿生机器人，此刻，他的脑内已经从假仁伯处转载了杀戮机器人的意识，他傲然挺立，通身的弹性金属还处在不稳定的状态，但容貌和身形正慢慢重塑成健壮版仁伯的模样。提在他手里的，是受到重创已经昏迷了的I。

人造小猴子预感不妙，立刻回到大圣机器人的驾驶舱内，启动了应急按键，开始蓄能。

这个第二代仁伯机器人像刚起床一样，活动了一下筋骨，神态中有一种大业已成的如释重负。他慵懒地看了看红脸机器人，嘴角一撇：“多嘴。”

话音未落，仁伯机器人突然一甩手，将I像炮弹一样朝红脸机器人扔了过去，速度之快让众人根本来不及反应。

轰的一声巨响！I瞬间击穿了红脸机器人的胸口，和红脸机器人一起应声倒地。熊猫机器人赶忙上前去救，但刚一抬头，仁伯机器人竟神不知鬼不觉地早已来到自己面前，未等他做出任何防御，就被一记闪电般的重拳，打在太阳穴隐蔽的薄弱处，直接短路倒地。

少年慌乱中捡起菜刀砍向仁伯机器人，菜刀刚接触到他的金属皮肤，立刻被震得粉碎。仁伯机器人回手掐住少年的脖子，轻轻一甩，将少年残忍地钉在旁边张开大口的机器霸王龙的钢尖牙上，鲜血从少年的胸口渗透而出。

顷刻之间，战局扭转，画风突变。

少年口含鲜血，靠愤怒顶住自己最后一口气：“是你害死了我爸爸！”

仁伯机器人轻轻用手指将少年的一只手臂压进机器霸王龙的另一只钢尖牙上：“死并不恐怖，死而不甘才最可怕。”

少年奄奄一息：“为……为什么……”

仁伯机器人平静而笃定地贴近少年耳边：“生本无意义，生而卓越才有价值。”

“放开他！”

仁伯机器人顺着声音看去，只见大圣机器人浮在空中。他蓄能完毕，拎着机甲长棍，气场炸裂。

仁伯机器人欣赏地点了点头，随后闭上眼睛做了他常做的瑜伽动作，周身瞬间散发着因各种电波磁力互相作用而发出的光晕。仁伯机器人将光晕汇聚在手指末端，一道激光束瞬间射出，击中了大圣机器人的机甲长棍，在上面灼出了一道烟痕。他放开了少年，朝大圣金刚机甲走去：“有点意思。”

双方四目相对，火力全开……

这时，倒在红脸机器人身旁的 I 的智能恢复系统开始重启，刚刚遭到仁伯机器人致命暗算的身体竟已完美复原。望着遍地狼藉，他哀号道：“怎么会这样，最坏的结果也不应该是这样。”

I 突然看到满身鲜血、被钉在机器霸王龙钢尖牙上的少年，赶忙跑了过去：“是我害了你！是我错了。”

少年失血过多，意识已经模糊了。弥留之际，他看见 I 一边抽泣，一边往自己的额头贴意识移植转换器。他已无力阻止，尽管费尽九牛二虎之力，也只是微微动了动嘴唇。

I 心似刀绞，下定决心要把这金刚不坏的身体物归原主。他将意识移植转换器的另一边贴在自己的额头上，看了看四周，那是自己亲手缔造的机乐世界，他没有任何留恋地按下了按钮，两人的记忆被丝丝抽离，互传给对方。

昏沉中，少年感觉自己进入了一个奇怪的梦境，他来到了有好多荧光隧道交错的入口处，红的、绿的、黄的、白的……有的发出刺眼的光，有的发出幽暗的光。正难以抉择时，虚空中突然传来意识移植转换器的开关启动的声音，紧接着，一个类似黑洞的七彩螺旋隧道出现了，它的体量和散发的光芒的舒适度都强于其他隧道，对少年有着强烈的吸引力。他的意识不由自主地被吸进这个七彩螺旋隧道。

七彩隧道内壁上螺旋倒叙播放着少年的从现在到儿时的记忆影像，从被仁伯机器人钉在机器霸王龙的钢尖牙齿上到刚进入机乐世界，再到沙漠工厂与母亲相依为命贫苦生活的点滴，最后到婴儿时与艾生博士的温情互动……

到了隧道的中点处，对面方向也同时出现了 I 婴儿时的记忆影像，少年感知到 I 的意识就在身边擦肩而过，虽停留了片刻，却看不见。少年继续向前，隧道壁上正叙播放着 I 从诞生到被用来做实验，到发布会后被遗弃，再到南极建立了自己的机器人世界…… 就这样，少年迅速回顾了自己和 I 复杂而又离奇的一生。

到了隧道末端，少年的意识进入了一片更加刺眼的光芒，他努力地在光芒中睁开了眼。此时的他发现已经回到了现实世界，而且自己已经进入了I的身体中。I的意识也经历了类似的自我倒叙回忆和少年的正叙回忆，进入了少年虚弱的体内，他努力睁开了眼，大口呼吸着空气，感受鲜血淋漓的疼痛，他终于透彻感受到了人类肉身的脆弱与无助。

已是仿生机器人身体的少年不解地问："你……为什么……"

已是肉身凡胎的I笑了："其实，我又何尝不想体验一次做人的感觉。何况，我本来就是人…… 不过做人……真的好疼。"

I自嘲后，用复杂的眼神看着少年，语重心长地说："我要走了，替我在这个世界里活下去，从今以后，你的名字就是完整的 AI 了。"

说完，I紧握的手慢慢松开，而这次，他的眼角终于流下了一滴属于人类的眼泪。已聚合了少年A的意识以及I的金刚躯体的AI少年机器人百感交集，思绪万千。他颤抖着手，回忆两人相处的点滴，用力将意识移植转换器连回两人的额头，不停地按动按钮，泪流不止："A和I，一个也不能少！"

另一边，人造小猴子驾驶着大圣机器人和仁伯机器人在空中像武林高手一样战得天昏地暗。金属碰撞声、打斗声和激光弹爆炸声撼天动地。

仁伯机器人全身采用的是太阳系内最先进的弹性金属材料，相比之下，部分零件是利用废旧航天器改造的大圣机器人的耗能问题逐渐显露，渐渐招架吃力。

双方苦苦缠斗，仁伯机器人余光看到远处少年和I正在进行意识移植，心生不安，计划射激光弹攻击，却都被大圣机器人奋力阻截。

看到少年和I意识移植完成，他担心有异变，通过声带的扩音功能向隐藏在暗处的那些未进行意识移植的人类雇佣兵发号施令：“战友们，我是仁伯，我已经掌握了最尖端的意识移植技术，你们干掉对面那个婴孩机器人，我承诺，你们都将是机器新人类，是地球的新主人！”

人造小猴子也声情并茂地通过扩音机传声：“人类战友们，你们不远万里来此就是为了重获新生，但躯体的升级远不及灵魂的洗涤，公道自在人心！我们需要携起手来共渡难关！”

人类雇佣兵进行了简短的内部讨论后，发动了坦克装甲，并把炮筒慢慢转向仁伯机器人和大圣机器人的方向。

“轰”的一声炮响，大圣机器人应声中弹。第二批人类雇佣兵很明显站了仁伯机器人的队，虽然炮弹伤害不了大圣机器人，但高手对决，差之纤毫则谬以千里，趁着大圣机器人调整状态的刹那，仁伯机器人占据了位置上的主动。他使出连续杀招，不给大圣机器人丝毫翻盘的机会，最后，他一个“海底捞月”，破坏了大圣机器人的主驱动中枢，接着，用超强力激光弹将大圣机器人击飞并坠毁在 AI 少年机器人身旁。

空中，及时跳伞的人造小猴子在空中摇着头，愤愤不平地操作逃生降落伞缓缓飘落在远处的机甲莲台上。本想卷土重来的人造小猴子突然警觉地发现了机器松林中非常隐蔽的异常，一只并不属于这里的、用机械义肢修补过翅膀的人造秃鹫，正在机器松枝下低空盘旋着。人造小猴子调节自己眼睛的超级望远功能，仔细观察后自言自语：“糟了！螳螂捕蝉……”于是乘坐机甲莲台头也不回地飞离战场，瞬间不见了踪影。

仁伯机器人看着人造小猴子败逃，并未恋战追赶。另一边，人类雇佣兵已经驾驶坦克将炮筒对准了 AI 少年机器人。

“轰！轰！轰！”数百颗坦克炮弹无情地射出，直接炸平了AI少年机器人所在的整片区域。

仁伯机器人也借机使出超级激光弹，补给了AI少年机器人致命一击。炮弹炸起的硝烟直飘起近千米高……

仁伯机器人面露喜色，开始用全息影像为自己换装。从中国皇帝的龙袍到拿破仑的军装，再到英皇礼服和天皇御袍……最后停在一身华丽的天神造型服饰上。

“不好看，显老！”一个调侃的声音从废墟中传出，清澈，自信。

仁伯机器人顺着声音的方向看去：“谁？”

只见废墟之中，AI少年机器人从冲天的火光中缓缓走出，身体已从婴儿形态变化成长为五六岁孩童的模样，在背后巨火的映衬下，他目光炯炯，灵气逼人。

人类雇佣兵的坦克部队缓缓朝他驶来，AI少年机器人脚一蹬地，似飓风一样冲向坦克装甲群。一个小小的身影游走于坦克装甲之间，粉嫩配色的仿生孩童机器人与绿色系钢铁武器装备在火花碰撞中形成了独具特色的美。

在碰撞打斗的过程中，AI少年机器人的战斗情绪从激动慢慢转为睿智又慢慢变为癫狂，战斗技法从生疏逐渐变为老练又慢慢转为随心所欲。几个回合下来，他完全找到了战斗的感觉，于酣畅淋漓中炸毁消灭了一众人类雇佣兵的坦克装甲。

战斗的惯性和快感让刚刚意识移植的AI少年机器人红了眼。多年来，潜藏在意识中被欺压和对战争的痛恨之心被彻底点燃。一辆辆坦克装甲车成了他发泄的工具。AI 少年机器人把它们像饼干一样砸碎、撕裂，他巨大的力量慢慢地释放出来。

仁伯机器人在远处看热闹，心底却生出爱才之情，不由得感叹艾生博士十八年前划时代的科技创造和发明能力。

AI 少年机器人渐入疯魔，他举起一个坦克，想要把它砸向另一辆装甲车，坦克驾驶员推开舱门逃生，AI 少年机器人突然发现这个驾驶员脖子上戴着和沙漠厂区红衣小女孩一样的项链。

“莫非他是沙漠工厂红衣女孩的父亲？我明知他们根本没有还击能力，我在做什么？”他脑内的人类意识开始占据主导，他恢复了理智，举着坦克，一动不动地思考着，突然感悟到：拥有绝对权力和碾压式力量是可怕的，这种力量不仅会摧毁别人，也会摧毁自己。

想到这儿，AI 少年机器人放下坦克，收起杀气，结束了战斗。剩余的人类雇佣兵吓得仓皇逃窜，躲进了龙形洲际飞船内，想要驾驶飞船逃离。

望着这些贪婪又卑微的人类雇佣兵，AI 少年机器人回想起他们当初的意气风发与道貌岸然，还有自己的渺小和自卑，相比现在反转的境况，他不由得心生感叹、怜悯与无奈，于是默许了他们的离开。

不料，一道激光弹从身后突然袭来，直接炸飞了龙形洲际飞船。激光弹威力之大，万吨飞船竟如同一只苍蝇般瞬间灰飞烟灭。

原来是仁伯机器人不愿意今天的事情外传，也厌倦了人类的蝇营狗苟，干脆将人证物证“集中销毁”。

AI 少年机器人还在为这些人类雇佣兵感到惋惜，只恍了一下神的工夫却感觉有些不对劲，再一回头，发现仁伯机器人早已来到近前。

仁伯机器人使用弹指激光弹先发制敌，AI 少年机器人闪躲应对，两人你来我往地交起手来，看似在轻松地过招，实则每一次挥拳都带着毁天灭地的力量。

由于 AI 少年机器人是孩童一样的身材，相比仁伯机器人魁梧健硕的成人身材，他显得更加吃力一些。但仁伯机器人虽然暂时占尽上风，却发现 AI 少年机器人的身体一直在生长，反应机能也在持续提升，他不由得回想起这个机器孩童刚才已经遭受了致命偷袭却依然复活的情景，不禁心生忌惮。

仁伯机器人不动声色，暗自提升了自己的能量值，接着一个虚招吸引 AI 少年机器人进攻，诱其进入自己最有利的发力范围，等到 AI 少年机器人发现，为时已晚。仁伯机器人突然释放全部能量，势大力沉而又疾如闪电般地锁住了 AI 少年机器人的咽喉，将 AI 少年机器人的发力点和借力点全部封住，由于两人的臂长本来就有差距，AI 少年机器人挣扎了半天也无济于事。

第二代仿生机器人除了更方便进行意识移植外，在坚硬度、灵活性和敏捷度等各方面也都全方位升级。作为第一代老款仿生机器人的 AI 少年机器人瞬间感觉到了仁伯机器人在能量值顶满后那超出物理世界认知的力量和令人窒息的压迫感。

仁伯机器人持续施力，并通过手掌发射超近距离的激光弹，反复攻击 AI 少年机器人的咽喉要害，心狠手辣，招招致命："我是军人，你是小孩子，怎么跟我斗！"说罢，将 AI 少年机器人摔到重型坦克钢板上，又使出连环夺命组合重拳，拳拳砸在AI少年机器人心口的要害部位，巨大的压力使垫在AI少年机器人身下的坦克迅速被砸瘪，就连最下面的冰川大地都出现了裂痕。

见AI少年机器人还有生命体征，仁伯机器人心生不满与不安，开始积蓄体内更强的力量，就连金属仿生身体都因能量的聚集而产生了皲裂。他用略带惋惜的口吻劝降："你怎么就不明白呢，我们才是大自然优胜劣汰选拔出来接管并净化这个污浊世界的新物种。"

AI少年机器人摇了摇头："我不能认同你说的，我们和人类是可以和谐共处的。"

仁伯机器人不以为然："从多细胞生物取代单细胞生物到哺乳类生物接管了恐龙世界，再到工业智人统领农荒蛮夷，地球历史上的每一次进化都不存在和谐共处。"

AI少年机器人面带犹豫，有些动摇："可毕竟是人类创造了我们，这如同父母……"

"错！"仁伯机器人打断了他，"人类创造我们的初衷是利用和榨取我们，并不是爱护和养育。既然上天给了我们这样千载难逢的机会，我们就要对得起这份天赋和使命。你我都做过人类，也都心知肚明这个物种的可怕，你的本质是我的同类，所以我给你最后一次机会。"

AI少年机器人动弹不得却掷地有声："对不起，我们不一样，我从出生起就感受着人类母亲的爱，现在又理解了父亲的爱，而就在刚刚，我已经得到了你女儿伊娃的爱……"

第三节

爱

仁伯机器人满脸怒色，无言以对。他不再废话，运足了气，以摧枯拉朽之势在 AI 少年机器人的心口打出致命一击。强大的能量波震得十几米厚的地面冰层完全爆裂开来，在巨大海浪和水花的裹挟下，AI 少年机器人被卷入深海。

遭受了重击的 AI 少年机器人电子经脉紊乱，意识昏迷，自由落体式地向下沉，冰冷的海水浸入整个身体。但对 AI 少年机器人的躯体来说，本应致命的南极深海低温却如同夏日清凉的沐浴般冰爽，竟令他慢慢冷静和放松了下来。

随着身体在海中下沉，他脑海中开始同时以 A 和 I 的双视角闪回过往的画面：从刚出生的 A 和 I 被母亲和艾生博士亲亲、抱抱、举高高，到两人穿着双胞胎衣服被裹在一起拍满月照，到艾生博士不得不假装“抛妻弃子”，偷偷落泪，到艾生博士为他升级皮肤耐温耐腐性能后植入生化电池，到自己与母亲在工厂相依为命，到与黑人厂长和厂长妹妹产生了深厚友谊，到小女孩摸着挂在胸口的照片对自己哭诉，到母亲重病住院，命悬一线，需开胸做手术，到少女不顾安危救下自己，却反而重伤昏迷，到红脸机器人被打穿胸口，到熊猫机器人被一拳击晕，到大圣机器人被打飞坠毁，到 I 为了救自己，不惜和自己互换身体……

想到这些，AI 少年机器人的眼角涌出了幸福与不舍的泪水，富含多种化学成分的合成泪水从眼角滑落，变成了一个小水泡，又慢慢融入大海。他紧握的拳放松开来，但依然感受得到新躯体迅速恢复的奇妙感觉，体会着尚未开发的无尽能量从体内源源不断地溢出。

他的回忆突然定格在一个画面上，那是艾生博士在给婴孩机器人 I 的弹性金属皮肤进行特殊处理，为了使它抵抗极寒、极热的各种地球极限环境对身体的挑战。上千道繁复工序他做起来一丝不苟，饱含着一个父亲对孩子的深沉挚爱。因为艾生博士深切地知道，这个婴孩机器人将面临五大财阀的超高温焚化系统以及未来无比残酷的人性环境。

AI 少年机器人突然眼前一亮，像是想起了什么重要的东西。在硝烟尘雪中，仁伯机器人因为刚才全力的一击消耗了大量能量，正在用太阳能进行恢复。可不凑巧的是，天空突然阴了下来，青灰色的云团从远方滚滚而来，遮蔽了阳光，紧跟着，层层风浪袭来，大有山雨欲来风满楼之势。

景色气势磅礴，仁伯机器人警觉地预感不妙。他知道，这里的天气都是由人工智能调节的，而调节控制器的总开关就在 AI 少年机器人的身体上。他盯着 AI 少年机器人沉下去的冰坑，神情中不免流露出一丝紧张。

这时，天空开始下起了蒙蒙细雨。随着一声清脆的雷鸣，在仁伯机器人身后的海面上，慢慢升起了 AI 少年机器人的身影，身体容貌竟已长成了像李小龙一样精壮的十八岁少年模样。虽然浑身蒸腾着水汽，一道道金光却在皮肤上闪烁跃动。

拥有少年 A 的意识和 I 的弹性金属躯体的 AI 少年机器人终于彻底

融合与进化完成。他悬浮站立在空中，缓缓抬起头，声音中透着成熟和深邃：“AI，是爱。”

仁伯机器人闻声赶忙回身，发现 AI 少年机器人就在自己身后，不由得开始恐惧起来。AI 少年机器人走上前，抚摸着仁伯机器人的后脑勺，几乎和他额头贴着额头，那情形就像少年和仁伯初次在龙形洲际飞船上相遇时一样，他低声说道：“我是小孩子，但我是军人造的；你是军人，但你却是小孩子造的！我看有的斗！”

AI 少年机器人强大而自信的气场竟然让仁伯机器人惧得一动未动。AI 少年机器人后退了两步，摆出了自己那套招牌少林童子功姿势。仁伯机器人再一次积蓄了自己的全部能量，决意背水一战，彻底消除眼前的隐患。

他虽然内心很慌乱，但还是坚信第二代仿生机器人的科技水准一定优于第一代，而自己的战场经验更是会碾压初出茅庐的 AI 少年机器人。

两人话不多说，直接交手。

岂料，经过一个回合的攻守转换，AI 少年机器人简单粗暴的类似军体拳的套招，在金刚不坏之身的加持下居然格外刚猛有力，势如破竹，直把仁伯机器人打得防守动作和进攻姿势都严重变形。

双方收招对望。AI 少年机器人好似刚热身完毕，意犹未尽；仁伯机器人虽表面若无其事，身体却很诚实地开始有些微颤发抖，站立不稳。

见硬刚对峙的胜算未知，仁伯机器人的心里开始盘算着如何智取。他四下打量，忽然瞄见远处昏迷的少女，计上心头。

他虚晃一招，直接退跃空中，用双手发射无数激光弹射向 AI 少年机器人，其威力足以摧毁一座城市，可作用在 AI 少年机器人的身上，却如同在钢板上放了一串鞭炮，除了留下一些爆炸的残痕，并没有造成实质性伤害。

可是仁伯机器人醉翁之意不在酒，他趁着激光弹造成的扰乱，伸出锁喉手直接转头飞向少女。经验老到的他早已看出少年和少女的深厚情谊，知道少女就是 AI 少年机器人的软肋。

“砰”的一声，仁伯机器人抓住了一个俊美的脖颈，可是手感却硬邦邦的。定睛一看，抓住的竟是 AI 少年机器人的脖子，他有如此速度，令仁伯机器人不敢相信自己的眼睛，连连倒退了好几步。

AI 少年机器人并没有正眼看仁伯机器人，面露愠色：“她可是你女儿！”

仁伯机器人依然强撑气场：“她？一个照猫画虎的实验品，有些利用价值而已。”

AI 少年机器人不再理会仁伯机器人，他俯身拍了拍还在数据恢复中的少女身上的灰尘，发现少女手里一直紧紧攥着自己送给她的那只破手环，里面的对话已经被她反复看了数十遍。

AI 少年机器人甜甜地傻笑了一下，重复了他还是人类少年时在老卡车上对少女许下的那句中二承诺：“别怕，我保护你。”只是这次，声音很轻。

他用食指点住少女脐部充电位，给她体内的纳米机器人简易蓄能，帮助她迅速恢复。接着，他站起身来，面容冷峻，指着仁伯机器人：“‘无论是谁的父亲，做错事都要承担责任！’这是我和你女儿的约定。”

仁伯机器人听后，恼羞成怒地使劲捶打自己的前额，刺激自己的能量紧急聚拢，金属肌肉迅速膨胀成夸张的畸形状态。他咆哮着向 AI 少年机器人冲来，并放声狂笑："你哪儿来的自……"

可"信"字还没来得及说完，就被 AI 少年机器人以最快的速度抓住脖子并推到了万米高空。

仁伯机器人顽抗冷笑，依然不服输："拳怕少壮，整盘计划确实是我低估了你这么个小东西……不过，大家都是不死之身，你比我强那一点点也没用，又奈何不了我……啊……啊……啊……"

还未等仁伯机器人把话说完，AI 少年机器人疾速推着他俯冲而下，将他抵在臂下直接扎进冰层，又抵进深海。AI 少年机器人双手死死抓住仁伯机器人的颈部和腹部，像推土机一样将仁伯机器人背部向下往海中越扎越深，海底气压和温度越来越低，两人的身体开始慢慢出现低温反应，弹性金属也开始变硬。

"炮弹都炸不伤我们，你这是干吗？一起洗冷水澡吗？"仁伯机器人冷嘲热讽道。

AI 少年机器人也不废话，加速推着他向海底最深处俯冲。海水越来越冰冷，仁伯机器人干脆屏蔽了自己的痛觉感知系统，傲慢地张开双臂，任由 AI 少年机器人推着自己下潜。

海水的阻力丝毫无法阻挡 AI 少年机器人的推进冲击力，两人很快抵达海底，AI 少年机器人毫不迟疑地又一个加速度，推着仁伯机器人砸进深海地底，径直向地心而去。

随着通往地心的路上，温度越来越高，仁伯机器人这才发现有些不对劲，再想挣扎为时已晚。后面坚硬的岩石被自己的后背一路碾成一个狭窄的通道，前面则是AI少年机器人强大的不断加速的推力，仁伯机器人被越来越炎热的高温和越来越坚硬的岩石冲击得喘不上气来："你想同……同归于尽吗？"

AI少年机器人帅气地一笑："当年艾生博士在打造I这个身体时，为了能让其抵御你和五大财阀严酷的焚化销毁系统，考虑了太阳系内最恶劣、最残酷的高温极限状况，所以为其做了特殊处理；但I打造你这个身体时，却只是单纯地想让人类和机器人共创极乐世界。"

仁伯机器人面露惶恐不安："那……那是什么意思？"

AI少年机器人说："虽然我们的弹性金属是可以抵御人类武器的物理攻击，但你没有经过艾生博士的特殊处理，恐怕还无法面对大自然最残酷的一面。"说罢，AI少年机器人终极加速，推着仁伯机器人冲向越来越炎热的地心，仁伯机器人大惊失色，面容逐渐扭曲。

很快抵达了地心，周边温度已经超过了六千八百摄氏度，两人的弹性金属身体已经被灼得几乎透明。AI少年机器人虽然经过艾生博士的超级恒温特殊处理，又巧妙地利用仁伯机器人做护盾来降低能量消耗，但依然全身报警，出现意识间歇模糊的状况。再看仁伯机器人的身体已出现明显的崩裂。

这时，系统为保护仁伯机器人的意识波频不受损坏，将能量汇聚于脑部进行隔温防护，身体则因能量不足开启了休眠待机模式，而仁伯机器人也几近昏迷。

穿过了地心，两人沿着地轴向着北极极点的方向冲去。

宁静辽阔的宇宙中，黄白蓝三色相间的地球被沙霾笼罩，显得有点“脏兮兮”，陆地被洋流切割得零零碎碎，世界仅剩两块完整大陆：棕黑色的亚欧大陆和土黄色的非洲大陆。湛蓝色的海面上结起一团团冰气旋涡，酷似一朵朵白莲。从宇宙中俯瞰，地球居然没有一丝绿色。

突然，从北极极点冲出一个小气柱，划出卫星轨道般的弧线，正是通体火红的AI少年机器人和烧成炭一样的仁伯机器人，两人的金属皮肤缝隙里，都嗞嗞地冒着火星，在太空低温环境下渐渐冷却。仁伯机器人意识和躯体的链接已经不是很稳定了。

AI少年机器人又指了指远方的太阳，像植物人一样动弹不得的仁伯机器人下意识地眨了眨眼，做出悔恨求饶的表情。两人达成了共识后，AI少年机器人拖着残破的仁伯机器人返回了南极机乐世界。

此时，光寿国科研中心的广场上阳光明媚，机器人公民已经回归，正与机器人士兵互相检修身体；少女、熊猫机器人和红脸机器人也被光寿国的智能修复机器人进行重启恢复。工程机器人正迅速而有条不紊地重建整个冰川机器城市，场面一派热火朝天。

仁伯机器人被AI少年机器人卸载了武器系统后放回他的磁悬浮轮椅上，晒着太阳，蓄能恢复。在AI少年机器人的要求下，仁伯机器人现场通话五大财阀。

“我是仁伯，我亲证了机器人一族的善意以及想与人类共建家园的美好愿望。现请求派来大使，代表人类与机器人类正式和平建交！”

这时，少女苏醒过来，AI少年机器人抱住她，检查伤口愈合的情况。少女的皮肤和毛发看起来与人类无异，但都是由40%的纳米机器人组成，筋脉骨骼和五脏六腑也都是由弹性金属改造升级而成，如果不是受到如此严重的创伤，很难发现她构造的特殊性。

少女如大梦初醒，在 AI 少年机器人的怀里伸了个懒腰。她揉了揉眼睛，认出了少年："你的身体怎么回事？发生了什么？"

AI 少年机器人刚要张口，突然，天边传来了异响，一个黑影正由远及近快速飞来。仁伯机器人以为是人类的和平大使来了，赶紧一边用眼睛的望远功能观测，一边和 AI 少年机器人唠叨："你答应了我的，和平建交后，我至少也要当个副总统！"

可是，当看清来者何物之后，仁伯机器人脸上的笑容迅速凝固了。原来他们盼来的并不是人类的和平大使，而是一枚洲际核导弹。接着，更多颗洲际核导弹黑压压地袭来。

AI 少年机器人知道不妙，下意识地抱着少女直接冲上云霄，却一时间不知道如何带上其他人一起离开。千钧一发之际，人造小猴子乘坐"金云"号飞行器光速飞来。

飞行器伸出机器臂抓住了刚刚修复完毕的熊猫机器人和红脸机器人，又探出底盘下面的中央磁盘，发出了强力的磁力信号。光寿国的机器人公民立刻心有灵犀地将自己头部的无线传送系统打开，将各自的意识记忆备份上传，并隔空投送到了"金云"号飞行器的中央磁盘上，以备后续复制出新的机器身体后即可重生。"金云"号飞行器抓着熊猫机器人和红脸机器人，跟 AI 少年机器人与少女一起加速逃离了南极。

几秒后，数十颗洲际核导弹陆续精准落在了光寿国的城市广场上，一朵朵黑灰色的巨大蘑菇云腾空而起，银白焕彩的机乐世界刹那间变成了黑烟火海。因不会操作意识传输功能而无法上传备份自己意识的机器人雇佣兵们，还没来得及怨恨和后悔，瞬间灰飞烟灭。

仁伯机器人因为刚刚遭受重创，也没有能量再抵御核弹的冲击，被炸得遍体鳞伤，再次沉入海底。他怎么也没想到，其实他在这里所做的一切，包括他所有的秘密都已被五大财阀牢牢掌控。

之前人造小猴子发现的那只诡异的机器秃鹫就是五大财阀跟踪而来的眼线，而人造小猴子自知遇到了不好惹的对手，睿智的他立刻返回罗汉国，争分夺秒地将“金云”号飞行器改造成了一个可以存储机乐世界机器生命意识记忆的超级中央云磁盘，并用最短的时间通知各地区的机器公民、机器动物、机器植物、机器昆虫、机器游民，进行意识记忆备份；最后，他又第一时间侦测到核导弹的突袭，在紧要关头飞回来救了大家。

与此同时，在人类的大都市中，一幢并不起眼的仿古教堂里却装着一个全世界最高级的信号屏蔽处理器。教堂下面是一个隐蔽的地下宫殿入口，里面四通八达，装饰得无比奢华。中央会议室内，五大财阀的真身端坐在巨大的会议桌前，他们各自戴着鹰、虎、犀、象、恐龙的图腾面具。其中，戴着鹰图腾面具的财阀肩膀上，站着那只用机械义肢修补过翅膀的小秃鹫；戴着恐龙图腾面具的财阀手里拿着核弹发射装置。五个人身旁各自站着一群看面相便知是精英的人类保镖和智囊团，周围播放的全是刚刚在南极发生的事件经过的全息录影。

五大财阀一直都在暗中观察南极的异动，并根据事件的走势和变化不停地召开会议，探讨应对的方案。他们虽极度贪婪，却也极度理智。仁伯等人的行为让他们切实认知到意识移植技术有着太多不可控的隐患，而有了仁伯机器人这个反例，这些有了自我意识的机器人也难辨是敌是友。五大财阀意见虽然始终不能统一，但他们达成一致共识的原则是："难以抉择的事情就让它回归原点。"他们的决定是："毁灭意识移植技术和南极机器人公民。"

在南半球无名小岛上的一个无名山顶，人造小猴子嘴里叼着一根稻草，开启了反侦察屏蔽模式并检测着"金云"号光速飞行器底部的中央磁盘数据，熊猫机器人和红脸机器人也默默地互相检修各部件机能。

AI 少年机器人用全息投影给少女回放刚刚发生的事件录影。少女用右手摸了摸 AI 少年机器人的身体，又用左手又摸了摸自己的身体，由于信息量太大，一时间，她竟不敢相信少年本来是机器人，也不敢相信他现在又变回了机器人，更不敢相信仁伯也是机器人，而且还是邪恶的杀戮机器人，但最不能相信的是自己竟然也是半个机器人。她两眼空洞，茫然地望着从南极方向泛起的冲天火光和巨型灰白色蘑菇云，内心充满了不甘与不解。

大家各有心事地静静坐了很久，心照不宣，也不说话，只是默默地回忆、思考、感叹……直到南极方向的蘑菇云团渐渐散去，AI 少年机器人低声地说了一句："走吧，总要继续。我去看看我妈，尽量做些改变，你们跟我走吗？"

众人默契地整理好各自的心情与装备，跟 AI 少年机器人一起乘坐"金云"号飞行器来到了沙漠工厂。

由于南极事件的发酵和影响，不明所以的人类世界自然少不了多方势力的舆论探讨和臆想猜测，沙漠工厂也处在封厂待工的状态。

黑人厂长和厂长妹妹已经把少年母亲接到办公室疗养。少年的母亲已经基本康复。

这时，AI 少年机器人突然拉着少女推门而入，众人吓了一大跳。他上前弯腰一把紧紧地抱住母亲，母亲也惊奇地抚摩着儿子泛着金属光泽的新身体。

黑人厂长和厂长妹妹羡慕不已地听着在南极机乐世界里发生的离奇故事和少年的奇妙历险，老朋友和新朋友聚在一起彻夜长谈。

少女一扫往日高冷的女神范儿，换上旧旧的工作服，温柔乖巧地站在 AI 少年机器人身后，厂长妹妹略显忌妒地瞄着少女，神情可爱又搞笑。大家你一言我一语，对未来进行了详细的规划。

次日凌晨，黑人厂长便把所有休假的工人重新召唤回厂房内，人造小猴子也把“金云”号飞行器悬停在厂房中央，降下了底部的中央磁盘。工人们云里雾里地按照人造小猴子的指令，把厂里还未出厂的仿生机器人全部运来，依次将光寿国机器人公民的意识记忆从中央磁盘植入这些仿生机器人的大脑中。

人造小猴子又默默掏出一个金盒子交给了少女。少女将金盒子打开，意识移植原理和第二代仿生机器人的详细制造图纸的全息投影渐次展开，黑人厂长和几个老工人在旁边直看得两眼放光，瞠目结舌。

人造小猴子说：“这是第二代仿生机器人的制造数据图纸，未来是福是祸，就看你们自己了。”

AI 少年机器人站到高台上为大家播放影像并讲解了关于南极机乐世界的来龙去脉和意识移植事件的真相始末，台下的工人们交头接耳，不敢相信却又愿意相信 AI 少年机器人所说的一切。

大家看着一个又一个仿生机器人通过意识移植“活”了过来，又看着红脸机器人、熊猫机器人和人造小猴子这三个魔幻的机甲生物，最后看了看那高贵冷艳的爱仁科技集团的大小姐如今竟然如小鸟依人般陪伴在这个 AI 少年机器人身边，不由得心生了希望和憧憬。

“我保证，所有的老弱病残都将脱离苦海，所有善良的生命都有权利延续。你们都将是新世界的公民，新自己的主人！冰川机乐世界已然消失，但从今天起，沙漠机乐世界正式开启！”AI 少年机器人轻言细语却又字字铿锵地向大家宣布。

他抱了抱自己的母亲，又转身和少女情不自禁地相拥；黑人厂长立即抱住因忌妒而噘嘴的妹妹；熊猫机器人用手托起人造小猴子，和红脸机器人肩并肩站在一起。所有人都热泪盈眶。

但台下的工人们默不作声，有的在反复看投影好辨别真伪，有的聚在一起小声地讨论，有的研究起中央磁盘的工作原理，还有的直接流下了欣喜的眼泪……无数次的失望和长年累月的贫苦无助，让他们不敢轻易相信或者接受希望，但大家这次都有一种不一样的感觉，一种曙光或许真的会降临的感觉。

人群中，那个红衣小女孩在远处的角落里望着台上讲话的 AI 少年机器人，露出了久违的微笑。她取下了胸前的照片项链。刚才，通过 AI 少年机器人发布的投影录像，她看见了作为雇佣兵的父亲在南极的所作所为，也看见了人类雇佣军自食恶果的结局，她觉得自己瞬间长大了。她从项链中取出那张自己和父亲的合影，照片背面是父亲给她画的一颗红彤彤的爱心。

窗外，阳光明媚，劳工们依旧和往常一样，在车间里里外外地忙碌着，只不过这一次，他们的脸上都洋溢着自由和自信的神情。

白雪皑皑的南极大陆上，机乐世界的废墟和无数机器人的残骸掩埋在焦土之下，那座曾经壮丽无比的机器城市已经成为记忆。突然，大陆冰层因不堪重负而断裂，光寿国的废墟顷刻间沉入海底。成千上万的机器人残骸坠落深海。被炸得只剩半边身体的白脸机器人军阀也慢慢下沉。可就在即将触达海底的时候，他突然睁开了眼睛，宛如被催眠后的惊醒。后面不远处，伤痕累累的仁伯机器人胸口的灯光也骤然亮起。紧接着，越来越多的机器人士兵和机器动物们身上的重启显示灯也一个接一个地闪烁起来。

就在他们身后的深海静谧处，隐约出现了一个类似巨型机甲航母的半透明城市真空隔绝系统，里面似乎是一个更加神秘未知的机器城市，也好像是一个更加庞大的机器人乐园。幽暗处，一个酷似机器人I的婴儿身影飞速游过，划出一道优雅的气泡水花。

海面上空，左半边是一片蔚蓝晴空，朝霞争晖；右半边却是阴云密布，电闪雷鸣，暴雨欲来……

（完）

番外

机乐世界

雷雨声伴随着炮火轰鸣声，一架左翼发生故障的微型侦察无人机眨着电子眼，冒着烟，坠落在一片白皑皑的雪地上，它摄录了一段发生在未来的残酷战争片段：

一个少年头部负重伤，怀里抱着一个死去的科学家。他口中念念有词，奄奄一息地依偎在一个卖机器人玩具的商店窗台前。

玩具店内，一个少女抱着一个婴儿机器人娃娃和一个坐轮椅的父亲在墙角瑟瑟发抖。透过对面的玻璃窗，她清楚地看见远处有机器人士兵驾驶着坦克徐徐驶来。

突然，坐着轮椅的少女父亲冲出了玩具店，高举着双手表示投降。对面的坦克部队停止前进，机器人士兵指着残疾男子窃窃私语，少年和少女都屏住了呼吸。

一阵可怕的宁静过后，机器人士兵一挥手，一颗巨型炮弹从炮筒射向玩具店，少女抱着婴儿娃娃机器人朝少年的方向跃出。

身后的炮弹落进玩具店，爆炸产生了巨大的冲击力。柜台里的红脸机器人、熊猫机器人、大圣机器人和机器动物等玩具模型四散飞出。

炸弹碎片和玩具模型滑过少年眼前，在火光的映衬下，宛如浪漫的童话天堂。

少年被碎片击中，他逐渐收缩的瞳孔中呈现出一片深邃的黑色，黑色中开始出现零星闪烁的微弱光点，那是类似星云和银河的宇宙奇观，之后是各种星系云图，恒星、行星、彗星、卫星，再之后是太阳系的水星、金星、木星、土星……以及太阳和月亮，最后是一群报废卫星和大气层。在一片青灰色的云团后面，又回到了这一片狼藉的战场，机器人玩具和糖果散落一地，少年躺在地上，那汪深邃的黑色眼睛慢慢闭合。

“生而为人，我很珍惜……”

附 录（一）

作者简介

中文名：毕横　　**国籍**：中国

外文名：HENG BI（BB）　　**出生地**：辽宁锦州

毕横，男，1985 年出生于中国辽宁。

中央美术学院首位本科硕士双保送生；中国首位航天文创大使、中唱集团艺术顾问、时尚传媒集团艺术顾问、保利演出特约特邀创作人、中国先锋艺术代表人物。先后与迪士尼集团、派拉蒙影业、太古地产、香港 k11、华润集团、中粮集团、保利集团、万达集团、北京望京、武汉东湖、安徽灵璧、福建漳州、深圳南山、太原钟楼、蔚来、奔驰、奥迪、流浪地球等诸多一线品牌与地方政府进行大型艺术合作。

首创**“中国的核，世界的壳”**的艺术理念，结合东方传统国学文化内核与全球化的潮流时尚外壳，致力于创作出专属于我们当代中国这个时空维度的艺术逻辑。其《机乐世界》系列作品，利用全球民众都能喜闻乐见的科幻机械美学语言，传递深邃而智慧的东方意识形态，让潮流青年爱上传统国学，让中国文化成为世界文化。

代表作品：《解 · 放》《阿潘达》《斗战“剩”佛》《胖哒》《复兴号》《势》《望京 PANGDA》《“不老”虎》《 TO/ 途》等。

毕
横

艺术作品简介：

《解·放》，反映儒学思想的大型雕塑作品。

作品艺术结合了三大元素：

1. 中国传统文化中的武圣及财神——关公；
2. 中国朴实无华的老一代革命者夜不闭户的时代象征——老卡车；
3. 西方美学体系及意识形态的普世潮流文化代表——时尚机器人。

第一层含义：

作品纪念碑一样记录与表达了当代中国“师夷长技以自强”的文化状态。科技与文化的借鉴学习与交融互通是促进人类文明生生不息不断向前的火种，只是不要忘记自己的独有的基因与精神。

第二层含义：

东西方文化与意识形态的碰撞与交融。作品用西方的潮流文化外壳，重新包装与演绎了东方的传统文化内核。雅俗共赏地向世界传递着东方文明古国悠久而深邃的民族神韵。

第三层含义：

儒家思想是社会科学而非封建迷信。中国人尊重和供奉关公作为财神，是因为关公这个人生前是以诚信著称，而诚信守义才是良久生财之神髓，迅速工业化的中国更需要不忘初心，恪守传统。

年代：2010 年，材质：综合材料，尺寸：10 米 ×6 米 ×5.5 米

《阿潘达》，反映道家文化的大型雕塑作品。

作品艺术结合了三大元素：

1. 中国国际文化中的国礼与吉祥物——熊猫；

2. 中华文明甚深奥义的天人合一理念的象征符号——阴阳鱼；

3. 西方美学体系及意识形态的潮流文化代表——可穿戴机器人。

第一层含义：

以好莱坞为首的“功夫熊猫”“钢铁侠”等虚拟偶像所宣扬的“个人英雄主义”价值观里，其实却隐含着“以暴制暴”和“精致利己”的负面人性；而在东方文化系统中，“武道”在于化敌为友、“仁”者无敌的“中庸之道”。

第二层含义：

东西方文化与意识形态的碰撞与交融。作品用西方的潮流文化外壳，重新包装与演绎了东方的传统文化内核。雅俗共赏地向世界传递着东方文明古国悠久而深邃的民族神髓。

第三层含义：

道家文化崇尚万物相生相克，本体同源。作品中熊猫代表的是自然环境保护问题，而身穿的钢铁铠甲代表的是人类工业发展，而这两者之间的关系，应该是胸口和手掌的太极的关系，相互依存，和谐共生。

年代：2013 年，材质：综合材料，尺寸：10 米 ×5.5 米 ×7.5 米

《斗战剩佛》，反映佛学释义的大型雕塑作品。

作品艺术结合了三大元素：

1. 中国古典文学中的神话人物代表——孙悟空；

2. 东方文明的宝藏，开启生命真相的法门——禅定；

3. 西方美学体系及意识形态的潮流文化代表——可驾驶机器人。

第一层含义：

现代忙碌的工作生活让我们对于精神层面的需求被降到最低，而对于古老而深邃的佛学知识更多停留在祈福甚至迷信，而真正的佛学系统却是超越任何人工智能的“宇宙百科全书”。

第二层含义：

东西方文化与意识形态的碰撞与交融。作品用西方的潮流文化外壳，重新包装与演绎了东方的传统文化内核。雅俗共赏地向世界传递着东方文明古国悠久而深邃的民族神髓。

第三层含义：

西方科学与东方哲学互为论证将是未来世界文化交流与融合的大势所趋。作品中的机甲孙悟空象征着西方强大的外求实证科学，而它手中托举的正在修习禅定的小猴子则象征着东方深邃的内求哲学智慧。

年代：2016 年，材质：综合材料，尺寸：11 米 ×5 米 ×7 米

《复兴号》，反映国家民俗文化的大型雕塑作品。

作品艺术结合了三大元素：

1. 中国乃至东方的民俗文化代表——龙；

2. 中国最伟大的军事防御工程，世界文化遗产——长城；

3. 当代美学体系及意识形态的普世潮流文化代表——仿生机器人。

第一层含义：

中华文明薪火相传，需要注入时代的新鲜血液。作品利用东方神话图腾龙的传统形象，结合当代机械美学，将尘封的古老民俗图腾文化重新演绎与传承，机器龙脊借鉴了蜿蜒的长城元素，寓意国运昌盛。

第二层含义：

传统与时尚、人文与科技的碰撞与交融。作品用当代的潮流文化外壳，重新包装与演绎了古老的传统文化内核。雅俗共赏地向世界传递着东方文明古国悠久而深邃的民族神髓。

第三层含义：

中国作为文明古国与超级大国，在世界格局中正在迅速崛起。大国角力，文化为根，科技为本。实现中华民族的腾飞，不仅要守住自身千年历史文脉，更要与时俱进升级新时代的科技兴国理念。

年代：2018 年，材质：综合材料，尺寸：13 米 ×12 米 ×8 米

《势》：这是一件反映中国新时代财富观的作品，也是中国强势崛起的时代见证。

作品艺术结合了三大元素：

1. 中华民族勤劳致富砥砺拼搏的文化代表——牛；

2. 全球财富新贵的代表——超级跑车；

3. 金融股市吉祥物——华尔街铜牛雕像。

第一层含义：

牛是十二生肖之一，本身就是吉祥祥瑞的代表，科幻版的机械牛寓意科技时代带给人民的新的幸福与吉祥，牛国牛人牛年牛势。

第二层含义：

疫情全球化的经济语境下，人们都盼望着牛市的早日回归，作品借用华尔街铜牛的姿势，又融入顶奢超跑的工业美学和橙红主色，祝愿观众“财源广进，事势皆橙”。

第三层含义：

中华民族的崛起已是大势所趋。对财富自由的向往也成了每个华人对自己和同胞的共同祝愿，而“撸起袖子加油干”的国牛精神才是年青一代追求财富的正确价值观。

年代：2021 年，材质：综合材料，尺寸：11 米 ×7 米 ×6 米

《“不老”虎》：作品艺术结合了三大元素：

1. 中国民间文化中寓意对下一代的祈福祝愿与传承关爱的形象——布老虎；

2. 全球未来科技的趋势——人工智能；

3. 来自西方的对美好事物降临的寄思——天使翅膀。

第一层含义：

布老虎文化源于民间虎图腾崇拜，在中国传统文化中象征着对下一代的祈福，如同西方民间文化中将下一代比喻为小天使的美好寄思。而科技让爱无国界。

第二层含义：

作品将传统文化“布”老虎利用当代美学重新演绎，变成了科幻机甲版的“不老”虎的家族。时代更迭，潮起潮落，但我们对家人与孩子的爱，永恒“不老”。

第三层含义：

中华民族源远流长，鼓励三胎和减负学习的倡导，都彰显了国家对于下一代寄予的厚望，作品也向世人传递了中国人自古到未来都会注重家庭、薪火相传的民族魂。

年代：2022 年，材质：不锈钢，尺寸：12 米 ×7 米 ×5 米

《胖哒 PANGDA》：望京新地标，一件具有划时代意义的作品。

望京科技熊猫新地标的落成，将成为朝阳乃至北京新国门的新符号，并为中国民族文化自信及北京国际形象的塑造，带来崭新机遇。

这件作品是《阿潘达》的萌版，也是一件更多让艺术走近生活的作品。在毕横看来，艺术作品“漂亮炫酷”的外观只是潮来潮去的时尚美学，而 IP 艺术真正的价值在于其内部的艺术逻辑。

第一层含义：

从意识形态上，科技版人工智能大熊猫，响应中国的科技创新兴国理念和树立民族文化自信的宏观战略方向；以科技熊猫作为望京新地标，寓意北京和中国将进入高新科技和本土文化高速发展崭新篇章。

第二层含义：

从艺术表达上，代表自然环境保护的熊猫身穿代表高新科技的机甲外壳，寓意着人类科技发展与自然生态保护之间的永恒命题：“绿水青山即是金山银山。”

第三层含义：

从普世价值上，熊猫胸前的 Wi-Fi 标志、旁边神似太极标志的充电按钮，像在指挥交通又像在拥抱客人姿势、科技感十足的炫彩灯光等，这一切的细节和多重解读，只愿能为中国百姓美育普及尽上绵薄之力。

年代：2022 年，材质：不锈钢，尺寸：10.5 米 ×7 米 ×5.5 米

《To》又名《途》，《流浪地球 2》唯一官方艺术联名作品。

作品艺术结合了三大元素：

1、中国传统民俗文化“嫦娥奔月”故事中的神兽形象——玉兔。

2、代表未来大航天时代的中国科幻宇航设备——航天飞行器。

3、陪伴我们每一个夜晚，人类首个登陆的地外天体——月球。

第一层含义：

作品中，憨态可掬的“玉兔”，身着未来感科幻航天机甲，长耳逸逸似火箭发射器，怀中紧紧抱着月球，既艺术重构与传承了中国传统文化中关于“玉兔”的东方式禅意思考，也表达了新时代航天精神的传承与创新，寓意我们不断探索太空科技的同时不忘传承先贤智慧。

第二层含义：

作品将中国传统文化中的玉兔形象与《流浪地球 2》影片中的月球情节相结合，抽象凝练了我们对小家与大国，真情与博爱，故土与远方，现在与未来的取舍智慧。

第三层含义：

作品英文名为《TO》，与“兔”谐音，表达了全球人民对新未来新希望的奔赴与向往；而它的中文名字叫《途》，小名途途，也与“兔”谐音，寄托了作者对中国人民一路坦“途”的美好祝愿；与《流浪地球 2》的官方联名，更是借《Two，To，兔，途》的谐音，共同记录一部中国科幻电影的里程；也纪念一段全人类共同奋进的过往。

年代：2023 年，材质：不锈钢，尺寸：3.5 米 ×3 米 ×2.5 米

附录（二）

中国的核，世界的壳

——《机乐世界》作者毕横访谈录

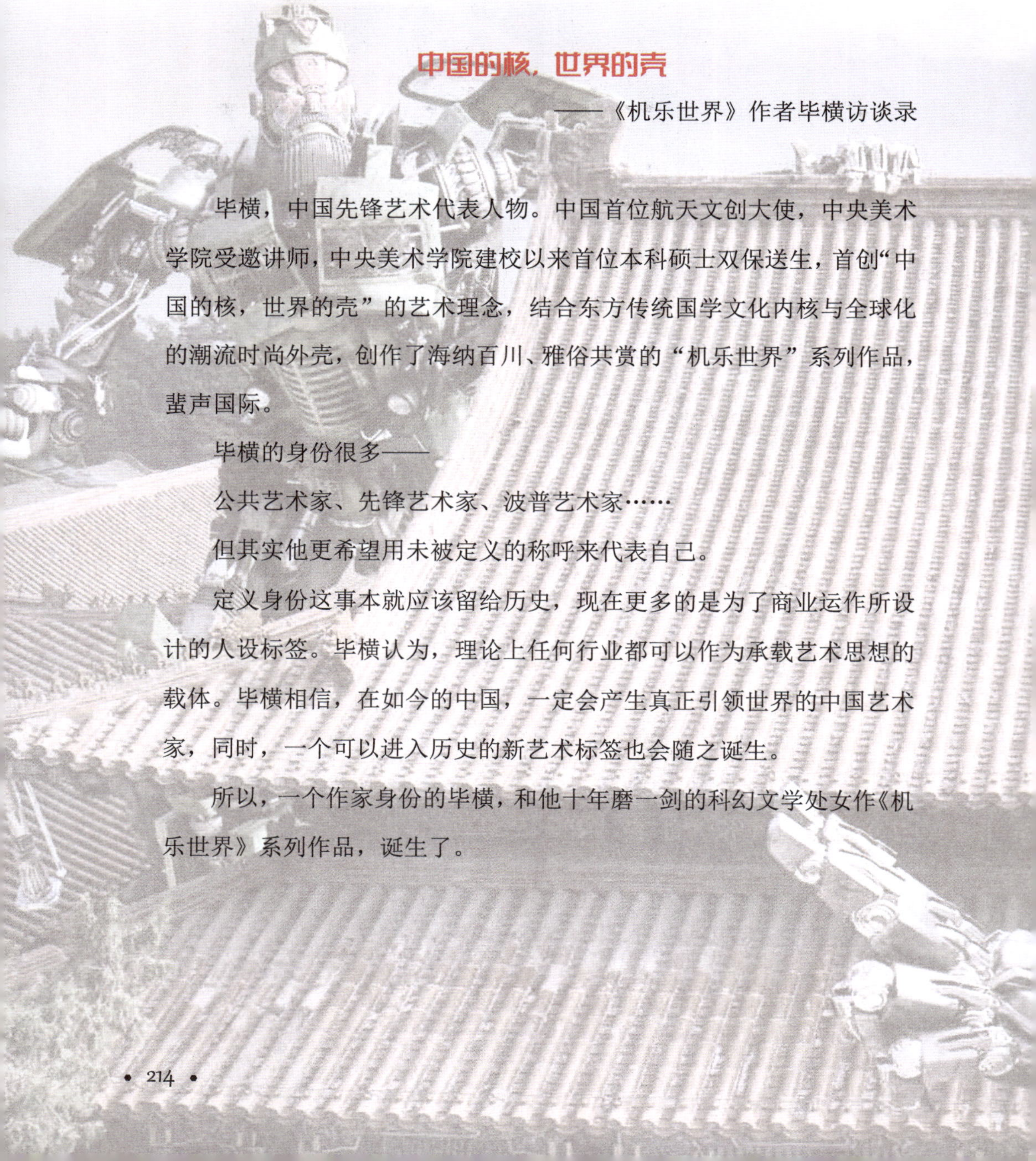

毕横，中国先锋艺术代表人物。中国首位航天文创大使，中央美术学院受邀讲师，中央美术学院建校以来首位本科硕士双保送生，首创“中国的核，世界的壳”的艺术理念，结合东方传统国学文化内核与全球化的潮流时尚外壳，创作了海纳百川、雅俗共赏的“机乐世界”系列作品，蜚声国际。

毕横的身份很多——

公共艺术家、先锋艺术家、波普艺术家……

但其实他更希望用未被定义的称呼来代表自己。

定义身份这事本就应该留给历史，现在更多的是为了商业运作所设计的人设标签。毕横认为，理论上任何行业都可以作为承载艺术思想的载体。毕横相信，在如今的中国，一定会产生真正引领世界的中国艺术家，同时，一个可以进入历史的新艺术标签也会随之诞生。

所以，一个作家身份的毕横，和他十年磨一剑的科幻文学处女作《机乐世界》系列作品，诞生了。

《机乐世界》，用科技艺术带来当下的身心乐园

— 访谈节选 —

一、雅俗共赏，海纳百川

出品方：

首先，以我们普通人的视角可能会很好奇，您作为中国先锋雕塑装置艺术家，在您的领域又正做得风生水起，是什么缘起让您花费如此多的时间和精力去写科幻小说呢？

毕横：

其实在我心中，艺术是个形容词，而非名词或代词。我认为艺术并不是一个行业或一门手艺，艺术应该是一种程度。

从广义上来说，任何领域做到极致都可以称为艺术：像乔丹就是篮球领域的艺术家，乔布斯就是最厉害的新媒体艺术家，成吉思汗的开疆扩土则可以称为史诗级的大地艺术家。

从狭义上来讲，艺术也应该是可以附着在任何领域的一种思维能量的表达，而非单纯的手工艺展示（当然，手工艺技术能力发挥到极致程度则又回到了刚刚说的广义艺术的范畴）。

所以可能对我来说，艺术能量的载体可以是雕塑，也可以是绘画，还可以是小说、影视、戏剧等一切文化载体形式。

出品方：

就像我们看到很多头部文化公司也是会通过电影、主题公园、各种各样的周边衍生去多维度、多载体地传递他们的思想能量甚至是背后的意识形态，那您觉得小说作为您艺术思想的新型载体，这种表达形式有什么特点吗？

毕横：

按道理来说，公共艺术做得最成功的应该就是文娱巨头们，它们的思想能量传递能力是巨大的。

只是目前看来，资本强势介入的文化产业，其思想境界往往受限于商业逻辑而达不到狭义层面的艺术高度，影响力更多还是停留在娱乐领域。而中国作为四大文明古国之一，其文化能量必然是全人类的文化宝藏，也有无限广阔的前景，就看在传递过程中资本和内容如何有机相融。我们作为艺术工作者，其实都是古人智慧的转译者和传承者。我作为个人没什么好骄傲的，但一想起我要做的事业背后，是承载着独一无二的历史厚重感和畅想无限的未来可能性，心中还是很自豪和自信的。

我认为小说自古都是最简单也最困难的文化表达形式之一。

如果说绘画是二维创作，雕塑就是三维创作，电影则是接近四维的（加入了时间剪辑的处理）创作，那么我们会发现，小说其实只有一维。但就是这人人皆可入门、没有任何门槛的“一维”形式，却可以创造出突破任何束缚的、直达灵魂最深处的表达。就像做好一碗蛋炒饭，最易也最难。

出品方：

提到资本介入文化艺术，如今我们正处在一个艺术普遍商业化的时代，大部分文化艺术工作者也是脱离不开经济利益来创作的，您是如何平衡作品的艺术属性与商业属性的？

毕横：

这里面确实有一个矛盾点。

因为艺术的本质是小众的、个性的，而商业的本质是大众的、共性的，这是水火不容的两者，如何有机结合其实是个史诗级的问题。尤其是在当代中国这样的时空环境下做艺术，雅思和民俗如何兼容？潮流和积淀如何取舍？东方和西方如何融创……

我认为，在中国做艺术，要学习月亮。

你看月亮，我们从屋子里看它，它属于这个窗户；我们走出屋子看它，它属于树梢；我们爬上树梢看它，它属于山顶；我们爬上山顶看它，它属于云端；当有朝一日我们有能力飞上云端再去看这个月亮，却发现它又处在另外的一个境界。其实月亮本身并没有变，是因为观赏者自身所处的观赏角度以及境界的不同，所观赏到的月色也就不尽相同。

说白了，在中国做艺术，我们是否有能将个人的利益融入到大众需求中去的智慧，不是说艺术商业化就是艺术金钱化，绞尽脑汁地利用艺术做包装进行资本运作。而是当我们能够用艺术的手法解决大家痛点问题的时候，经济效益自然就跟随而来了。

这也是东方艺术的灵魂：雅俗共赏！

出品方：

说得太好了，随着经济高速发展，交通会越来越便利，网络也会越来越通达。全世界的文化都在慢慢共通和交融，东西方文化之间的交流与合作已经是大势所趋，您觉得如何处理好不同地域文化的融合问题？

毕横：

还是学习月亮。

你看月亮是不是可以既倒映在一碗水中，又可以倒映在一口井里，也可以倒映在一条河流中，还可以倒映在一片汪洋大海；事实上，月亮是可以和这个世界上所有的山川河流、大小容器合作。为什么？只因为它具有足够的高度。

说白了，在中国做艺术，我们有没有这样的一个格局，能够贯穿古今中外、跨越时空束缚的一个格局。每次想到这里我都会手心冒汗，醍醐灌顶。我觉得这应该是我一生致力去追寻的状态。这也是我们国家和民族最适合的，属于咱们自己的艺术体系和文化逻辑。

这就是东方艺术的魄力：海纳百川！

二、空间为宇，时间为宙

出品方：

您认为，东方传统文化的本质到底是什么？和西方文化有哪些不同？

毕横：

我们中国的东方传统文化，传承了五千年之久，如何用艺术这个人类通用的语言将其传承和发扬，和世界对话，和未来对话，这是我一直在思考的问题。

其实传统文化并不晦涩难懂，它的本质是每一个时空的智者对人与社会、人与自然、人与宇宙，包括人与人之间的关系的多维度探讨。其中被广泛认同并传承至今的，统称为传统文化。

以文字书籍形式流传下来的，叫古诗、经典；以绘画雕塑形式流传下来的，叫古董、国宝；以教学组织形式流传下来的，叫宗门、教派；以手艺规矩流传下来的，叫民俗、非遗……

而西方因其成系统记载的文化历史较短，传递的往往是一套以政商需求为论点基础、大众调研为论据论证、科技资本为传播手段的文化体系。

出品方：

您觉得东西方文化的交流与融合又应该从哪里着手呢？

毕横：

从古至今，很多智者在遇到谜团的时候，也都喜欢从“时空”这个角度去寻找自己的坐标定位。事实上，包括艺术在内的世间万物也都离不开时间和空间的坐标。我们回顾历史，意大利的文艺复兴，捧红了米开朗基罗、达·芬奇这些艺术大师；法国的印象派风潮，成就了莫奈、梵高，也使得巴黎成为当时的世界艺术文化中心；直到“二战”之后的美国成为新的世界霸主，经济、文化、艺术中心也自然都搬到了纽约，在那样的时空环境下，安迪·沃霍尔和他的波普艺术也就应运而生，成就了这个艺术家传奇的一生。

中国，也即将经历自己的新文艺复兴，也即将成就属于自己的艺术家。

“空间为宇，时间为宙”。理解好当代中国这个空间轴，分析透全球化这个时代轴，才能找到属于我们自己的人生坐标、事业坐标、艺术坐标。

出品方：

如今的社会潮流更迭，确立自身坐标可参考的点也鱼龙混杂，在资本的运作下，很多文化艺术作品起势很猛，去势也快。您作为一直身处潮流中心的冲浪者，能“弄潮”而不被潮流之浪冲垮的要旨是什么？

毕横：

“潮流”一词，并没有一个准确的定义，但我认为能称之为“潮”的，一定是一个共性的东西。而有新潮来，则定会有旧潮去。

文化艺术也不例外。

作为创作者，我其实不太去计较潮来或者是潮去，甚至可能对引领潮流的事儿都没有太大的兴趣。而是当潮来的时候，尽量思考如何坚守自我，如何像定海神针一样把自己的核心定在那儿，不被冲散，然后等潮去的时候，再思考能给这片历史长滩留下点什么。我当然希望自己留下的是埋藏于深海的金子或珍珠，至少留下的东西能被后人捡走再玩味，也都算是不枉此生。

所以我真正在意的，是每个时代的潮来潮去之后，能给历史留下什么东西。

我觉得我的作品能够顺应时代、顺应潮流是因为真诚，我本就是这个时代和这个潮流中的人，本就是这个时空的创作者，所以不随波逐流反而是真正的潮流。

我当然也会被话语权者影响，因为他们对这个时代的数据捕捉是相对全面的，但我不会被他们左右，因为天赋和真诚是再大的资本也买不到的。所以我更多的是把关注点放在“自我发现”，而并不是去追一些什么东西。

我们为什么要去顺应潮流？我们本身就是潮流！

出品方：

作为中国巨型公共 IP（知识产权）雕塑艺术第一人，您的作品似乎都有种一以贯之的神韵。从这一点来看，我们能不能理解为，您已经逐渐找到了属于自己的艺术坐标？能否分享一下您的艺术之路？

毕横：

是否已经找到自己的坐标还不敢说，艺术风格是否成立也要留给历史来评论。但可以分享一下我的心路历程，大家一起交流。

我姥姥是一位心灵手巧的民间艺人，也是我最早的美学启蒙老师，她带我度过了一个梦幻般的美丽童年。我父亲从前是一位专业的美术教师，一路引领我考入了中央美术学院附中，之后保送了中央美术学院，再后来又保送了中央美术学院研究生，成为建校历史上第一个双保送生。可以说，传统的美术教育以及相关荣誉伴随了我的整个学生时代。

可临近毕业，我却突然发现中国作为发展中国家，其当代艺术在国际上几乎没有话语权，这让我一度陷入了自卑。我们这一代土生土长的中国艺术学子，确实云里雾里、坐标紊乱。身边多数从艺者前辈也都在纠结于外表和形式，看起来像是某某国外大师的风格，实际上自己也不知道自己在做什么，脱离了时空背景照猫画虎地去创作，反倒不伦不类。

炒菜米饭才是大多数东方人的主食，强行一日三餐的可乐汉堡，必然会导致本土文化系统的消化不良。毕竟一方水土养一方人，一方人孕育一方文化。这也是人类文明百家争鸣的前提。

于是，我尝试将东方传统文化中深邃智慧的精神内核和西方时尚文化中亲民酷炫的潮流外壳做艺术结合。将代表科技创新的机器科幻元素，和代表传统文化的东方图腾元素进行碰撞。

用海纳百川的格局和雅俗共赏的形式，将本土时空坐标下的思想智慧，传递出去，让国内同胞自信，赢国际友人尊重，这才是我的公共艺术创作核心。

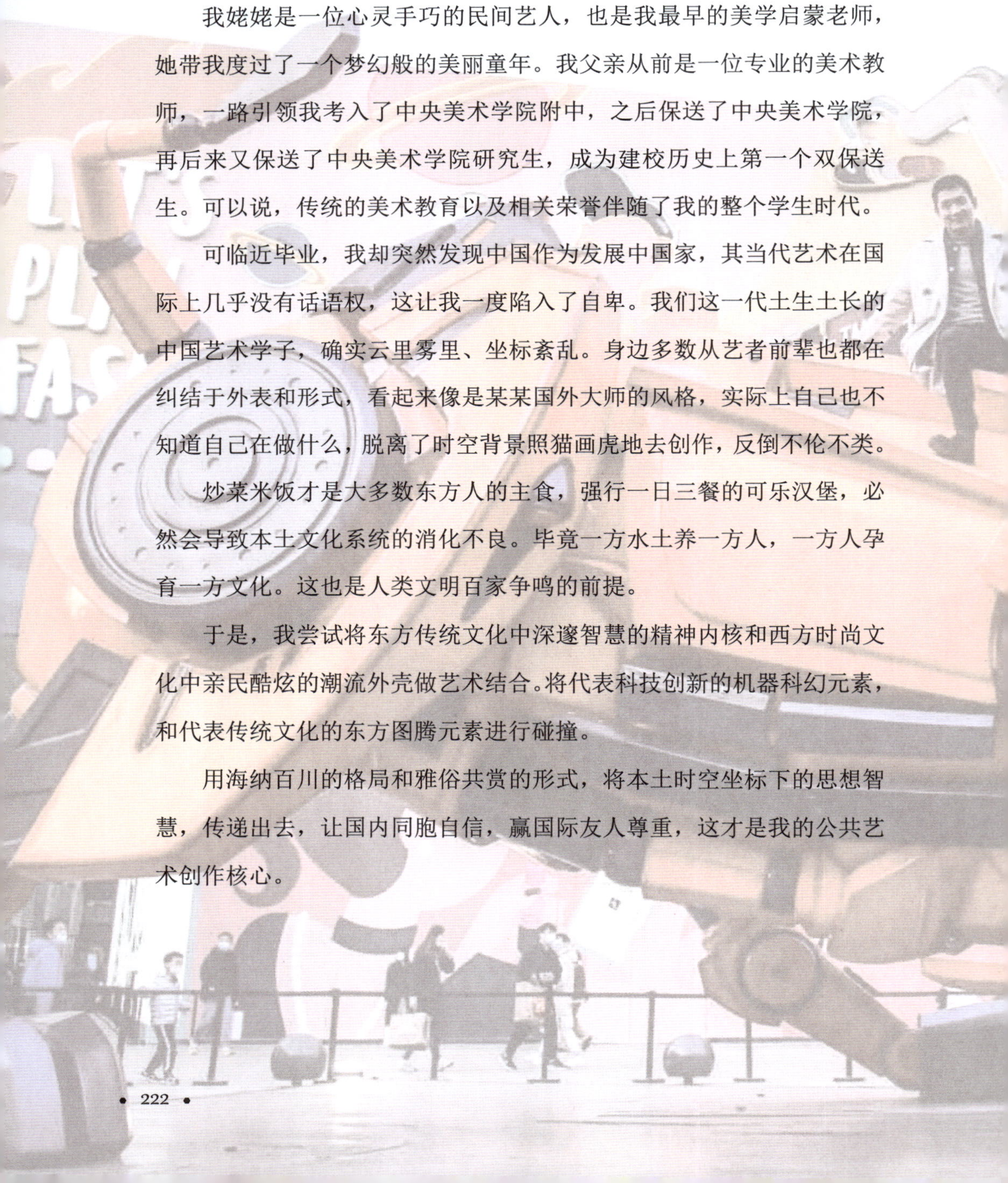

三、中国的核，世界的壳

出品方：

在您开始尝试把融合东西方文化的想法具象化为作品的时候，就做出了十几米高的《新财神》（原名《解 · 放》）这样的轰动之作，这个灵感来源于哪里？

毕横：

东方的“儒释道”文化一直感动和震撼着我，那是突破我们认知维度的思想精华，却被误认为是陈词滥调甚至封建迷信。所以有机会把这些经典用当代艺术的方式重新解构传递给有需要的人，这个行为本身就很艺术。当然，庞大的文化体系构建，要一点点地做，特别是进入到波谲云诡的公共领域。

我尝试利用大众喜闻乐见的国际化的科幻形象，来表意深邃思想内核的中国传统文化，在大众接受时尚潮流外壳的同时，也为其开启一扇通往传统经典的小窗。在这个过程中，我更像是一个发现者和搬运者。

《新财神》这件作品主形象是代表着忠义诚信精神的关公元素、身体是代表着老一代革命者雷锋精神的老卡车元素、表达方式借用了风靡全球的好莱坞科幻机器人元素，这三个元素在时间上分别代表了古代、近现代和未来；空间上链接了东方哲思和西方潮流。既表达了中国当代艺术文化“师夷长技以自强”的现状，也彰显了儒家思想中关于“诚信生财”的社会学理论。

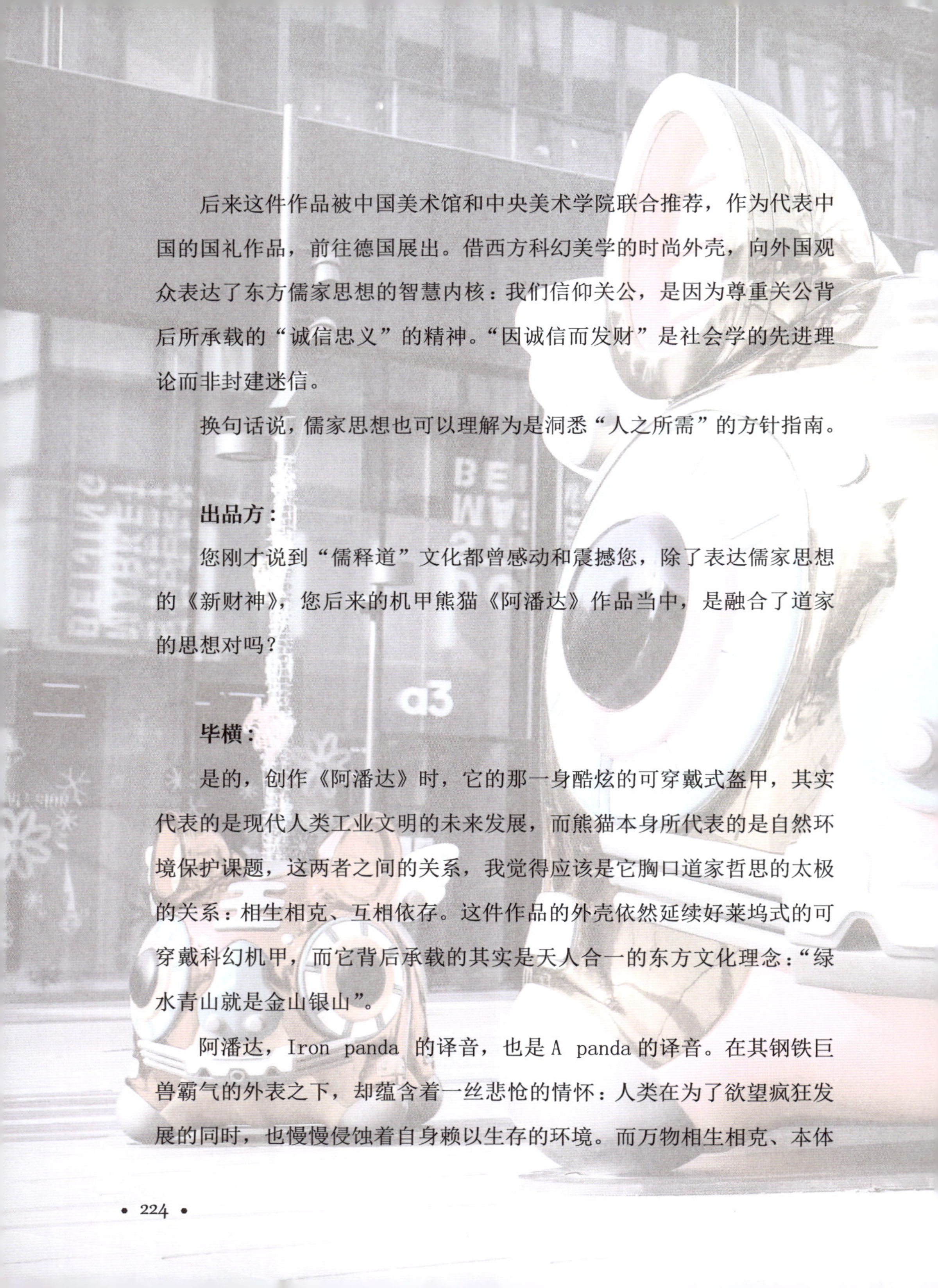

后来这件作品被中国美术馆和中央美术学院联合推荐，作为代表中国的国礼作品，前往德国展出。借西方科幻美学的时尚外壳，向外国观众表达了东方儒家思想的智慧内核：我们信仰关公，是因为尊重关公背后所承载的“诚信忠义”的精神。“因诚信而发财”是社会学的先进理论而非封建迷信。

换句话说，儒家思想也可以理解为是洞悉“人之所需”的方针指南。

出品方：

您刚才说到“儒释道”文化都曾感动和震撼您，除了表达儒家思想的《新财神》，您后来的机甲熊猫《阿潘达》作品当中，是融合了道家的思想对吗？

毕横：

是的，创作《阿潘达》时，它的那一身酷炫的可穿戴式盔甲，其实代表的是现代人类工业文明的未来发展，而熊猫本身所代表的是自然环境保护课题，这两者之间的关系，我觉得应该是它胸口道家哲思的太极的关系：相生相克、互相依存。这件作品的外壳依然延续好莱坞式的可穿戴科幻机甲，而它背后承载的其实是天人合一的东方文化理念：“绿水青山就是金山银山”。

阿潘达，Iron panda 的译音，也是 A panda 的译音。在其钢铁巨兽霸气的外表之下，却蕴含着一丝悲怆的情怀：人类在为了欲望疯狂发展的同时，也慢慢侵蚀着自身赖以生存的环境。而万物相生相克、本体同源的道家思想，也许是未来可能改变人类格局的基础智慧。

为什么这个世界上有黑就有白，有男人就有女人，有太阳就有月亮，电池还分正负两极？人类尖端科学中探讨的无形能量通过振动“一分为二”进而形成有形物质，这与道家文化讲的“道生一，一生二”又有什么关系？道家文化是打卦算命，还是科学的另类解读？

这也是我想通过作品引导观众进入道家文化世界的初心。

出品方：

那您能再聊聊机甲大圣《斗战剩佛》这件作品吗？您之前在其他采访中提到过，取名为斗战“剩”佛是因为新一代年轻人对传统经典的认知更多地只能通过《西游记》这样的文学作品了，那您的这尊机甲大圣又有什么不一样的表达？

毕横：

在《斗战剩佛》中，我把金刚机甲这个未来科幻主题和我们中国百姓耳熟能详的超级英雄孙悟空结合了起来。这尊象征着人类未来的机甲齐天大圣战衣，代表着以西方为主导的外求探索的科技智慧，而机器人手中推送和托举的却是一只正在修习禅定的小猴子，它身披袈裟、聚气凝神，代表着以东方为核心的内求自观的禅定智慧。

作品寓意真正的智慧是圆融和通透的，唯物唯心也是辩证统一的。

实证科技与哲学思辨两者的艺术结合，也正是人类文明未来的希望之光。

机器关公、机器熊猫和机甲大圣，分别代表了我对儒道释三家传统文化最浅层的理解，但这种表达可以广泛链接新时代的大众，可以为他们打开一扇通往新世界的门。以雅俗共赏的潮流外壳和海纳百川的艺术形式将传统文化智慧进行解构重组和时代传承，哪怕只对社会起到一点点的正向作用，我都会觉得功德无量。

出品方：

我们发现机器关公、机器熊猫、机甲大圣这三件艺术作品也都有作为 IP 形象被写进这本科幻小说，而且还是很重要的角色，他们有什么内在关联吗？

毕横：

对我来说，艺术需要找到更多的创作载体和表达方法，所以我把这些艺术作品都构建了他们的世界观和故事，方便和更多层次和维度的观众去产生互动，而这第一部小说其实是一个世界观介绍和艺术角色的集合，运用了类似《绿野仙踪》的故事逻辑，让主人公在探险的过程中去认知世界和自己，最终获得了“本自具足”的智慧和改变世界的勇气。那么关公机器人、熊猫机器人和大圣机器人分别镇守在未来机器人世界的三个重要的场域，也分别代表着主人公必经的儒道释三层人生境界之路。

关公机器人所处的儒境代表着现实物质世界，是人与人相处、人与事相安的境界，他的目标是帝王将相、人中翘楚，他的烦恼是尔虞我诈、弱肉强食。

熊猫机器人所处的**道**境代表着隐秘自然世界，是天人合一、遵循宇宙规律的境界，他的目标是无拘无束、逍遥自在，他的烦恼是避世藏烦、不得究竟。

大圣机器人所处的**释**境代表着高纬超脱世界，是突破时与空维度的宇宙实相境界，他的目标是超越生死、究竟涅槃，他的烦恼是众生愚痴、普度无门。

他们分别象征着人生的三个阶段：**成就自我，解脱自我，奉献自我。**

以上只是一种我觉得比较有意思的解读，一千个人眼中有一千个哈姆雷特，其实在小说的创作过程中，很多时候我都感觉不是自己在写作，好多想法甚至像是自己从另一个世界里跳出来的，而我也只是个代笔。

我希望自己的作品能在第一印象上是给人以感官冲击的，然后在更深层次的印象中，可以有各种层次的多重解读，甚至是更多读者主观理解的东西。

四、开创先河，自成一格

出品方：

我们在解读您整个艺术密码的过程中会觉得很新颖独特，既像好莱坞迪士尼一样亲民、具有潮流感，又像古文、诗歌一样需要仔细品味，感觉很舒服却不知如何为其归类，您觉得您的艺术风格属于哪一类？

毕横：

我觉得还没有到准确分类和定义的时候，因为整个艺术过程还没结束，甚至才刚刚开始。我也没有刻意借鉴前人，这种发自本心的创作初衷，以及顺应当下时空的创作方式，它的所有逻辑都是前所未有和不可复制的，我也坚信它必将形成一个新的美术史篇章。

就像当年意大利的古典主义、法国的印象派、美国的波普艺术，都是时空的产物。我需要做的是用艺术真诚地记录这个时代与风土。至于名称分类，自然会有别人去定义和解读。

如果非要按照现有的标准分类，我觉得可能会算是公共艺术的大范畴。

每件艺术品都无法脱离当时的时空背景来解读，每个艺术家也都无法忽视时代和地域的属性去创作。如何让阳春白雪被雅俗共赏，如何让美育不太普及的中国百姓接受本土艺术，这是一个相当宏大而又必须解决的公共问题。

公共艺术拉近了艺术家和观众的距离，让艺术不必高高在上、遥不可及；它可以让更多受条件限制、没法经常进美术馆的人多一些便捷的日常美学接触。丰富公众视野，开启公共话题，在互动中赋予公共艺术品更持久的生命力。

而且，公共艺术发展到今天，早已突破了特定行业和领域的束缚，介入到了日常生活的方方面面。

出品方：

确实，就像您说的，广义的公共艺术就在我们身边的点点滴滴，那狭义的公共艺术作品更多是以城市雕塑地标呈现，像您之前创作的望京地标艺术品“胖哒”，就已经成为一种城市的自我表达。您能为我们详细介绍一下“胖达”诞生的过程吗？

毕横：

我 16 岁来到北京，就学习生活在望京，恰逢望京地标重建，又经过层层审核调研考核，最终选择了胖哒的时候，我还是觉得挺兴奋的，不仅是可以为自己的第二故乡做一点贡献，更重要的，这是中国第一次在首都如此核心的区位用艺术家作品来呈现地标。它也从侧面反映了一种民族文化的自信。

《胖哒》是由不锈钢板一锤锤敲制而成，表面进行了哑光着色处理。高度是 10.5 米，分了五六次才从工厂运过来。设计理念也是将人文科技发展与自然环境保护有机统一，使作品既符合望京的科技艺术定位，又能凸显天人合一的古老智慧。胖哒胸前的 Wi-Fi 标志，也是经过数次讨论后确定下来的，意在彰显望京作为高新技术产业聚集地的使命。在它的旁边，还有一枚小小的纽扣，上面有闪电形的“充电标志”，其黑白色的背景象征着太极阴阳鱼图形，代替传统道家文化符号来寓意东方哲思，也寓意着传统文化与现代科学相融的属性。大熊猫胖哒雕塑上还设计了太阳能发光装置，周身的灯带夜间都是可以发光的，而且颜色可以变换。

它的姿势也是反复敲定而呈现出的拥抱的姿势，像是在欢迎大家来到望京；其中有一只手举得更高一些，像是在眺望远方，又像是指挥家在奏响时代的凯歌；还有人觉得它站在路口，可能是在指挥交通……奥运期间，一些明星和网友甚至亲切地叫它是铁墩墩，说它是冰墩墩的哥哥……

我希望我的艺术理念不是一个单薄的标签，而是一个代表东方人哲辨思维的一套文化系统，就像机甲熊猫，我认为它最珍贵的应该是“将代表人类未来的科技盔甲与代表自然环境保护的大熊猫用道家太极智慧艺术相融”这个内在核心，而它的外形外壳则可以根据观众的不同而应机随缘变化，遇到喜欢酷炫科幻感觉的观众可能就用机甲熊猫《阿潘达》来表达，遇到喜欢萌宠可爱感觉的观众，可能就需要《胖哒》出场了。就像我见客户穿一身职业装，见同学穿一身运动装，见父母穿一身休闲装，回到家里可能就穿一身睡衣……

穿的衣服随缘而变，穿衣的人才是根本。

出品方：

在我们的潮流圣地三里屯，也常能看到您的作品，比如牛年非常霸气的一个名为《势》的巨大机械牛以及虎年的一群名为《“不老”虎》的巨型不锈钢作品。既能与三里屯的时尚风味完美融合，又表现出了一种独特的力量之美，让我们都非常想了解它们的创作过程和理念。

毕横：

《势》这件作品的灵感来源于古代传统、未来科技以及当下国运。我运用了中国的老黄牛形象，结合了顶级跑车的流线型工业美学，呈现着华尔街铜牛的动势……老黄牛是中国传统文化中勤劳致富的象征，而超跑则代表了新青年一代对于财富的向往，最后华尔街牛又是金融股市的全球吉祥物。三者合一，表达了东方意识形态下新时代青年的财富观，以及对中华崛起大势所趋的祝福。年青一代都想开超跑，都想去纳斯达克敲钟上市，实现财务自由，但我们不是投机取巧一夜暴富，而是“撸起袖子加油干”的老黄牛精神。

《“不老”虎》这件作品则是取材于民间传统文化“布老虎”的内核，布老虎民俗源于民间的虎图腾崇拜，象征着中国百姓对下一代的关爱，也有平安镇宅的寓意。我将其用科技时尚的外壳重新包装演绎，将“布”老虎变成了不锈不坏的金刚机甲“不老”虎，表达了新一代中国父母对传统文化精神内核的坚守与传承：时代更迭，潮起潮落，但我们对家人与孩子的爱，永恒“不老”。

五、半生积淀，为国而绽

出品方：

有没有想过，自己走出一条属于我们自己的迪士尼或环球影城之路呢？

毕横：

这个梦想从未停止过，后来也是比较有缘分又被派拉蒙邀请，去做了一些交流合作，我也算潜入了他们的内部。确实从文化体系和商业逻辑上他们都解决得非常好。你想变形金刚其实是日本的产物，也算是亚洲的文化 IP，结果却被他们玩得风生水起，把这个价值扩大到最大化。包括我们的熊猫国宝元素，也被《功夫熊猫》占领了国人心智。

我也在用我半生经验去构建一个我心中的东方文化系统，但文化领域是需要资本和内容双剑合璧的，两条腿缺一不可。自知财力有限的我着重在艺术内容的创作开发，构建自己的机甲 IP 宇宙，待“另一条腿”成熟时，与有缘人去合作。

出品方：

您的所有作品都使用了机器人、机甲的元素，在未来的创作中，您会尝试新的创作元素吗？

毕横：

“机器人”元素作为一种艺术语言，会贯穿我这个系列的始终。这个《机乐世界》系列中的所有作品都是按照同一个世界观、宇宙观的方式构建和创作的。我希望我做的这套系统，能够代表中国向外输出，把中国传统文化的智慧，用一种世界性的语言重新包装、传递。它不限于影视，主题公园、小说、雕塑、玩具等。

机器人作为全球化的前沿科技元素，就像是一种世界各国人民共通的语言，一种最适合这个互联网时代的艺术语言，我用它来表达我要传承的文化思想，方便让大家产生一种无障碍的链接与沟通。

构建东方本土意识形态下的文化系统，不能照搬西方的文创概念，而是要自我生发出符合这个时代和社会的表达方式。至于机甲的形色，可以随顺大众的审美，也可以引领大众的趣味。总之是用大众喜爱且能听懂的艺术语言来表达我的艺术思想，只是表达的内容是深邃和笃定的，这是很重要的不同。

机器人题材的文化作品在全球，特别是中国市场一直很受青睐，这个题材也往往象征着一个国家的未来蓝图，而因为工业化进程的不同，广受喜爱的机器人形象大多为舶来品，我想做中国人自己的科技创新与文化传承，顺理成章地便把“中华机器人”这块难啃却肩负使命的“硬骨头”，当作艺术语言一直使用。

出品方：

您从小就生活在艺术氛围中，父亲是美术教师，姥姥是民间艺人，到如今，您自己带着三代人的艺术积淀，成为大放异彩的世界级艺术家。在经过漫长的与艺术共生的历程后，您认为，艺术的本质究竟是什么？

毕横：

我认为，艺术家的本质是认知；艺术的本质是能量。

每件作品其实都是创作者对这个世界的内在认知的一种外化表达。

收藏家去收藏艺术品，其实是收藏了这个艺术家那段时空下的认知。艺术家的技巧和灵感、格局与智慧，甚至是与生俱来的天赋及灵魂，都是通过“认知”去把它化成一种可以表达的东西，最后通过某种媒介表达出来。

其实“艺术”这个词本身是一个伪概念，我之前也提到了，我一直不觉得艺术是一个职业、一个行业。任何人足够专注都可以是艺术家，任何事情做到一定境界也都是艺术。绘画、雕塑、小说、戏剧，都是艺术家自我认知的表达、思维能量的载体，所谓职业艺术家只是观察和表达的相对更纯粹更专注、能量更聚合而已。

出品方：

感谢如此通透的分享，相信对有幸读到这里的读者也会是一种认知的拓展。那么在最后，还有没有可以和年轻的文化艺术从业者分享的心得体会呢？

毕横：

我听过未来的三位艺术大师的三句名言，可以分享给大家：

沃兹基说，“艺术是对共性的个性表达，好的艺术是能将最平凡做成最不凡”；安子格说，“艺术最简单也最困难，偏技巧的要做到极致，偏观念的要做到真诚”；

海士沃说，“艺术需要天赋，善用笨拙和朴实的天赋”。

而未来的这三位艺术大师我也非常熟悉，沃兹基（我自己）、安子格（俺自个儿）、海士沃（还是我）。

哈哈哈哈哈，开个玩笑。

最后，希望在中华民族正在崛起的当下时空，我们的艺术文化能够和其他方面的国家实力一起，在世界格局中绽放光彩。也希望我们所有艺术从业者，都能在这个过程中献出个人的一点微薄之力，实现自己的梦想和价值。

不要妄自菲薄，不要崇洋媚外，我们生活在文化艺术最动荡却最美好的时代。

这个，不开玩笑。

“中国艺术应该像月亮，我们从屋子里看它，它属于这个窗户；我们走出屋子看它，它属于树梢；我们爬上树梢看它，它属于山顶；我们爬上山顶看它，它属于云端；当有朝一日我们有能力飞上云端再去看这个月亮，却发现它又处在另外的一个境界。其实月亮本身并没有变，是因为观赏者自身所处的观赏角度，还有自身所处的境界的不同，所以观赏到的月色也不尽相同，这就是雅俗共赏的魅力。”

“中国艺术应该是月亮，它不仅可以倒映在一碗水中，也可以倒映在一口井里，还可以倒映在一片汪洋大海中，事实上月亮可以和这个世界上所有的山川河流、大小容器合作，只因月亮具有足够的高度，这样的艺术格局才能够贯穿古今中外、跨越时空为他人照明。而没有利他之心的作品也终会淹没在历史之中。互联网时代是人民的时代，互联网时代的艺术是人民的艺术，这就是广纳百川的魄力。”

作者寄语：

人生之路，就是“加减乘除”

艺术创作永远是附着在时间与空间坐标轴上的，早几年或晚几年，结果也许都会大相径庭。

我认为人生就是“加减乘除”。

人生的第一个阶段是做加法，学生时代，我们要不断学习各种知识技能、反复积累各种人脉资源。

人生的第二个阶段是做减法，历练抉择，我们要在众多机会甚至诱惑中，寻找到那条通往自我幸福的专属之路。

人生的第三个阶段是做乘法，创业时代，我们选好了人生方向，就要集结各方力量做资源整合，通过合作把能量发挥到最大。

人生的第四个阶段是做除法，功成身退，我们的一生白驹过隙，拿得起放得下，“舍”才是生命的终极奥义。

此刻还在减和乘的我，将继续创作更多作品，记录我们这个独一无二的国家与时代，感恩大家的支持与关注